Coleção Karl May

1. Entre Apaches e Comanches
2. A Vingança de Winnetou
3. Um Plano Diabólico
4. O Castelo Asteca
5. Através do Oeste
6. A Última Batalha
7. A Cabeça do Diabo
8. A Morte do Herói
9. Os Filhos do Assassino
10. A Casa da Morte

O CASTELO
ASTECA

Coleção Karl May

Vol. 4

Tradução
Carolina Andrade

VILLA RICA EDITORAS REUNIDAS LTDA
Belo Horizonte
Rua São Geraldo, 53 - Floresta - Cep. 30150-070 - Tel.: (31) 212-4600
Fax.: (31) 224-5151
Rio de Janeiro
Rua Benjamin Constant, 118 - Glória - Cep. 20241-150 - Tel.: 252-8327

KARL MAY

O CASTELO ASTECA

VILLA RICA
Belo Horizonte - Rio de Janeiro

2000

Direitos de Propriedade Literária adquiridos pela
VILLA RICA EDITORAS REUNIDAS LTDA
Belo Horizonte - Rio de Janeiro

Impresso no Brasil
Printed in Brazil

ÍNDICE

O Regresso	9
Primeiras Pesquisas	20
Uma Formosa Mulher	32
O Joalheiro	43
Um Grande Hotel	51
O Furacão	58
Um Alegre Despertar	67
Prisioneiros	83
A Fuga	92
O Encontro	100
Dois Disparos	111
Os Povos Índios	116
A Traição	126
Um Índio Hospitaleiro	130
O Vale Oculto	139
No Castelo Asteca	150
A Cisterna Subterrânea	163

O Regresso

Capítulo Primeiro

Retornando aos relatos de minhas narrações, dou-me conta que já transcorreram quatro meses, desde os últimos acontecimentos ocorridos na África.

Por este motivo creio ser meu dever recordar aos meus leitores os motivos pelos quais, tanto eu quanto meu bom amigo, o apache Winnetou, tivemos que viajar até o milenário Egito, sempre em perseguição aos Meltons; mais tarde indo para Túnis, onde vivemos grandes aventuras.

Tempos atrás, Thomas Melton e seu filho Jonathan haviam idealizado um plano diabólico, para assassinar o jovem Small Hunter e apossarem-se assim de uma significativa herança que o pai deste rapaz havia-lhe deixado em Nova Orleães.

Os dois canalhas haviam baseado seus planos em dois pontos, que lhes eram extremamente favoráveis. O primeiro, era o fato de que Small Hunter e Jonathan Melton eram extremamente parecidos. Somado a esta semelhança, havia o fato de que Jonathan fora "amigo" e secretário particular de Hunter durante anos, motivo pelo qual o conhecia à perfeição. O segundo ponto era que, havia anos, Small Hunter estava viajando pelo mundo, e portanto, havia muito tempo que ninguém o via.

Assim é que, apesar de termos nos encaminhado para o Egito, e depois Tunísia, no intuito de deter os dois canalhas, os Melton conseguiram eliminar sua vítima, roubando seus documentos e partindo para a América, para apossar-se da herança que tanto ambicionavam.

De nossa parte, eu e meus amigos Winnetou e Emery Bothwell, embarcamos para Marselha, rumando deste porto para Southampton, para então cruzarmos o Atlântico, na tentativa de chegarmos à América a tempo de desmascarar os vilões.

Mas isto acabou por não acontecer, pois, quando o navio zarpou de Marselha, Winnetou caiu de cama. Primeiro eu e Emery achamos que era simplesmente enjôo, mas o médico de bordo acabou por detectar ali mais do que isso. Winnetou estava com uma grave infecção de fígado, que podia ter graves conseqüências para ele.

O certo é que, ao chegarmos na Inglaterra, Winnetou estava tão fraco, que tivemos que suspender nossa viagem através do Atlântico. No porto de Southampton, o diligente Emery alugou uma vila próxima ao mar, para que o enfermo conseguisse restabelecer-se plenamente daquela doença, que acabara de jogar por terra todos os nossos planos.

Enquanto permaneci em Southampton, fiz todo o possível para frustrar os malignos planos dos Meltons. Telegrafei ao jovem advogado Afonso Murphy, em Nova Orleães, que era o encarregado de gerir a herança do infeliz Small Hunter, pondo-o a par de tudo o que havia sucedido. Pedi também que colocasse as autoridades à par do assunto, para que, assim que os Melton desembarcassem, fossem presos.

Três semanas mais tarde recebi a resposta do advogado, agradecendo-me efusivamente pelas minhas informações e notificando-me por sua vez que o desagradável assunto havia já sido resolvido dentro dos conformes. Naquela carta dizia-me ter sido amigo de infância do infeliz Small Hunter, e que por isso tinha interesse pessoal neste assunto. Informava-me também que o impostor e seu pai haviam sido presos, e pedia-me que lhe enviasse os documentos que tinha em meu poder, pois estes seriam indispensáveis para condenar os dois criminosos.

O pedido de Murphy era razoável mas, por conta de um pressentimento, desses que a gente tem e nem sabe explicar o porque, não lhe enviei os documentos que tinha em meu poder, e que incriminavam os Melton: algo me dizia que aqueles dois canalhas poderiam ser condenados sem aqueles papéis. Mais tarde, quando Winnetou estivesse restabelecido, e pudéssemos viajar, aqueles papéis, e nosso testemunho pessoal terminariam de pôr as coisas em seus devidos lugares.

Os dias na vila de Southampton passavam monotonamente e, na falta de outras coisas para fazer, além de cuidar de Winnetou, lia todos os jornais que me caíam nas mãos, e tinha interesse especial pelos de Nova Orleães, que chegavam neste importante porto da Inglaterra.

Comecei a estranhar uma coisa: em nenhum dos jornais, fazia-se menção sobre o caso da herança de Hunter. Comentei isto com Winnetou e Emery, e o famoso explorador inglês opinou:

— É possível que as autoridades americanas estejam processando os Melton com toda a discrição possível.

— Não acredito nisto — opinei por minha parte. — Passei metade da minha vida na América do Norte e sei que um assunto destes não passaria desapercebido. Tenha em conta, caro Emery, que o ianque não gosta de segredo em processos jurídicos ou criminais, e tenho certeza que a imprensa publicaria algo sobre este caso específico, que envolve crime e principalmente, muito dinheiro.

— Então, como explicar esta ausência de notícias? — insistiu Emery.

— Este é o problema! Não tem explicação!

— Você irá enviar estes documentos que o advogado está pedindo? — perguntou Winnetou, em sua cama.

— Não, e vou agora escrever-lhe dizendo isto. Darei uma desculpa, dizendo-lhe que são tão importantes, que não confio no correio para enviá-los.

Assim o fiz, e em três semanas novamente respondeu-me Murphy, dizendo que minha cautela era válida, e que então enviasse os documentos por um mensageiro de confiança. Também não concordei com este novo pedido, em vista de continuar o silêncio sobre o caso dos Meltons nos jornais que nos chegavam de Nova Orleães.

Tratei então de escrever a meus amigos, a senhora Werner e seu irmão Franz, o violinista, informando-os sobre o resultado de nossa viagem ao Egito e à Tunísia, e o trágico fim de Small Hunter. Cabia-lhes agora requererem a herança, que os odiosos Melton haviam ambicionado, uma vez que Murphy já havia denunciado a troca de identidade do herdeiro.

Não obtive resposta, mas isso não me surpreendeu. Sabia que São Francisco estava ainda mais distante que Nova Orleães, e que meus amigos bem podiam ter mudado de residência, ou até mesmo mudado de cidade. De qualquer forma, tanto Maria quanto seu irmão Franz deveriam ter dado ordem para que a correspondência lhes fosse enviada. Logo, era somente uma questão de esperar.

O tempo foi passando e quando Winnetou começou a levantar-se para dar curtos passeios pelo jardim, propus que ele ficasse na Inglaterra até estar completamente restabelecido. O chefe de todas as tribos apaches olhou-me fixamente, respondendo agitadamente:

— Cuidados e convalescença? Não temos tempo para isso! Vou dizer-lhe como um autêntico índio cura-se!

— Como? — quis saber Emery, que também o escutava.

— Levem-me para as minhas pradarias e minhas montanhas. Deixem que Winnetou ande a cavalo por seus queridos bosques do Oeste. Permitam-lhe que volte a banhar-se em seus rios e lagos. Dêem-lhe ar, luz e sol... Então, ficarei completamente curado!

Emery e eu trocamos um olhar, percebendo que o apache tinha razão. Durante longos meses havia ele vivido em um clima e um ambiente aos quais não estava acostumado; primeiro, seguindo a pista dos Melton até o Egito e a Tunísia, sempre desejando encontrar Small Hunter, para tentar protegê-lo da morte. Os dias e semanas passadas no deserto árido da África; o aperto do navio, a úmida Inglaterra com seu clima sempre nebuloso...

Sim, Winnetou estava acostumado com outros ambientes muito distintos dos que se vira obrigado a suportar. O melhor era regressarmos à América. E quanto antes melhor.

E assim, poderíamos ficar sabendo, pessoalmente, o que havia acontecido aos Melton, com a fortuna que ambicionavam e se a herança poderia, enfim, ser entregue à senhora Werner e seu irmão Franz.

Capítulo II

Quatro dias depois desta conversa com Winnetou, embarcamos juntamente com o bom Emery, que também estava disposto a participar desta aventura até o fim.

A travessia do oceano foi tranqüila e durante os dias de viagem, Winnetou ficou quase completamente recuperado. Creio que o pensamento de estar voltando enfim para sua terra enchia-o de esperança e ânimo; por experiência própria, sei que isto pode dar melhores resultados que o mais poderoso dos remédios.

Quando desembarcamos na populosa Nova Orleães, o apache sentia-se tão forte como se nunca tivesse adoecido, e uma vez estando os três bem instalados num hotel, disse aos meus amigos que iria procurar o jovem advogado Murphy ainda naquele dia. Não foi difícil achar seu escritório, e logo estava entregando meu cartão de visitas a um dos seus funcionários, para que fosse devidamente anunciado.

Pelo luxo do escritório e pela quantidade de clientes que esperavam, pude deduzir que Murphy devia ser um advogado de fama, o que se confirmou quando o empregado retornou, dizendo:

— Deve esperar sua vez, senhor.

— Como? — indaguei, algo surpreso. — Entregou meu cartão de visita ao senhor Murphy?

— Sim, senhor, e ele o leu.

— E o que disse?

— Nada.

— Nada? Mas o assunto que me traz aqui não é importante, é urgentíssimo. Ele deve saber, pois se eu escrevi da Inglaterra...

— Sinto, senhor, terá que esperar por sua vez.

Olhei todos os clientes que esperavam e calculei que teria que esperar várias horas. Por isso, insisti com o empregado, dizendo-lhe:

— Faça-me o favor de dizer-lhe que peço para que me receba imediatamente.

Com ar entediado, o funcionário levantou-se e desapareceu pela porta do escritório, voltando pouco depois com ar de soberba, sem nem me responder. Sentou-se novamente e pôs-se a olhar pela janela.

Aquilo era uma provocação e uma enorme descortesia, mas segurei minha vontade de dar-lhe um pontapé e tornei a perguntar-lhe:

— O que disse o senhor Murphy?

— Nada.

— Outra vez ele disse nada? — repliquei, visivelmente aborrecido.

— Sim, senhor. E já vou adiantando que tenho trabalho a fazer, e não posso ficar perdendo tempo com o senhor. Se quiser, espere, se não, pode ir embora.

Decidi por ficar: desejava saber o que estava acontecendo ali, e porque Afonso Murphy não quis receber-me imediatamente. Uma hora passou-se, e outra, e quando a terceira já se aproximava de seu final, chegou minha vez finalmente.

Ao entrar em seu luxuoso escritório, vi que Murphy era jovem, mal chegando aos trinta anos; mas em seu rosto refletia-se uma inteligência aguda e seu aspecto era de extrema elegância. Estendi a mão, que ele apertou, indicando-me que sentasse, muito amável:

— O que o senhor deseja?

— Creio que já sabe, senhor Murphy. Estou chegando de Southampton.

Mas o nome do porto inglês, ao que parece, não lhe disse nada, e ele repetiu estranhando:

— Da Inglaterra?

— Sim.

— A verdade é que não me recordo de nenhum assunto relacionado com este porto tão distante de Nova Orleães.

— Nem mesmo depois de ver quem eu era, no meu cartão de visitas?

— Nem depois de ler seu cartão de visitas.

— Isto é muito estranho! Rogo-lhe que faça um esforço de memória. Não pude vir antes, devido à enfermidade de meu amigo Winnetou.

Voltou a olhar-me como se estivesse achando aquela conversa sem propósito, e repetiu como um eco:

— Winnetou? Por acaso o senhor se refere ao famoso chefe das tribos apaches do Oeste, senhor?

— Sim, exatamente.

— Mas este famoso guerreiro índio deve estar percorrendo as pradarias, com seu amigo Mão-de-Ferro.

— Assim devia ser, mas Winnetou esteve gravemente doente.

— Como?

Não o deixei sair de seu espanto, acrescentando:

— Eu sou Mão-de-Ferro e digo-lhe que nos vimos obrigados a permanecermos na Inglaterra para cuidar do chefe índio. Acabamos de chegar e vim trazer-lhe, pessoalmente, os documentos que tanto o interessavam.

Ele se levantara de sua poltrona, com um ar aborrecido, mas sua expressão logo mudou, e olhando-me com admiração, disse:

— Mas, o senhor é mesmo Mão-de-Ferro?

— Sim.

— Oh, meu Deus! Meu desejo realizou-se então. Não sabe o senhor o quanto eu desejava conhecê-lo pessoalmente. Li suas aventuras, assim como as do valoroso Winnetou e outros companheiros seus das pradarias. Estou ao seu dispor, senhor.

Recordei-me então das quase quatro horas que havia estado a esperar, e repliquei:

— Agora há pouco o senhor estava muito ocupado, senhor Murphy. Fiquei esperando por mais de três horas.

— Peço-lhe que me perdoe, e acredite que sinto muito. Mas tenho a desculpa de só conhecer o senhor por seu nome de guerra, não conhecia seu nome verdadeiro.

— Escute, rapaz, eu escrevi-lhe da Inglaterra por duas vezes, com o meu nome verdadeiro, e você me respondeu.

Seu rosto encheu-se de assombro:

— Eu nunca escrevi ao senhor!

— Pois insisto que foi assim. Escrevi-lhe sobre a herança de Small Hunter, não se recorda?

— Ah, sim! A herança de muitos milhões. Fui nomeado seu administrador judicial, cargo produtivo, mas que durou pouco. Por mim, não teria terminado tão cedo, creia-me.

— Terminado? — perguntei, angustiado. — Está me dando a entender que este assunto já se resolveu, senhor Murphy?

— Naturalmente. Assim que o legítimo herdeiro apresentou-se.

— E entregaram-lhe a herança?

— Sim, até o último centavo.

— Devagar, senhor advogado, devagar... A quem entregaram a herança?

— A quem era de direito. O próprio Small Hunter.

— Raios! — gritei, furioso. — Eu o preveni contra este impostor!

— Acalme-se, meu amigo. Preveniu-me do que? Não estou duvidando do que está me dizendo, Mão-de-Ferro, mas... Não estou entendendo nada! Além do que, sou amigo de infância de Small Hunter.

— Vocês foram amigos... Ele está morto!

— Small Hunter, morto? Isso não está certo, não só está vivo, mas gozando de excelente saúde. No momento, está fazendo outra de suas viagens pelo Oriente. Eu mesmo o vi embarcar no navio que partia para a Inglaterra. Ele tratou de vender todas as propriedades, e logo partiu para a África.

— Levando toda a fortuna?

— Sim! Pois não era sua? Ou não?

— Era do legítimo Small Hunter, que o senhor conheceu quando ainda criança, e não deste canalha impostor que se apresentou aqui. Saiba que o seu amigo jaz enterrado no território de uma tribo de beduínos tunisianos na África, os Uled Ayor.

— Enterrado...?

Pôs-se a caminhar nervosamente, até que voltou-se para mim, desejando esclarecer tudo aquilo:

— Está insinuando que eu entreguei esta fortuna a um impostor?

— Não só a um impostor, mas a um assassino também!

— Mas não é possível! Por maior que fosse a semelhança entre ele e Small Hunter, eu jamais os teria confundido! Já lhe disse que éramos amigos!

— É que a semelhança entre Jonathan Melton e seu amigo Small Hunter era extraordinária; isso sem contar que, aqui em Nova Orleães vocês já não o viam há anos, por causa da viagem ao Oriente. Os Melton ficaram sabendo da morte do pai de Small Hunter e, aproveitando-se da enorme semelhança, elaboraram este plano. Eles assassinaram Hunter e, aproveitando-se da semelhança, Jonathan Melton assumiu a identidade dele, vindo aqui reclamar a herança.

— Deus meu! O que foi que eu fiz?

Durante um momento guardou silêncio, acabrunhado, para finalmente perguntar:

— O senhor disse que me escreveu tudo isto da Inglaterra?

— Sim.

— Mas eu não recebi estas cartas!

— E o que me diz das respostas que recebi?

Mostrei-lhe as cartas que havia recebido em Southampton, pondo-as sobre a mesa. E fiquei a observá-lo, sem sequer piscar.

Imediatamente seu rosto sofreu uma grande mudança!

Depois de terminar a leitura da segunda carta, a cor havia desaparecido de sua face, deixando-o com uma palidez cadavérica. Secou o suor da testa com uma mão, tentando sair de seu aturdimento:

— Então, não reconhece estas cartas, assinadas pelo senhor?

— Não — respondeu num sussurro.

— Mas veja os envelopes! São timbrados, e estavam lacradas com seu selo!

— Estou vendo, estou vendo...

— E ainda assim, insiste em dizer que não as escreveu?

— Veja que são duas letras diferentes: o texto está escrito por um dos meus auxiliares e com relação à assinatura... É uma falsificação!

— Não me diga!

— Pois é — voltou a mostrar-se preocupado, e suspirou: — Meu Deus! E foi em meu próprio escritório que tramaram tudo isso! O que posso fazer?

— Antes de tudo, dispor de tempo para que lhe conte uma história bem comprida. Pode escutar-me?

— Como não! Depois de tudo o que se passou, eu o escutarei o tempo que for preciso. Se me permite, irei dizer a meu secretário para não deixar que ninguém nos incomode.

Pouco depois, o jovem advogado sentou-se à minha frente, tentando aparentar uma tranqüilidade que não sentia. E eu, ao vê-lo tão nervoso, sentindo-me em parte responsável, não pude deixar de lastimar por aquele homem, cuja honra profissional estava comprometida.

Não obstante, sem ocultar-lhe nada, contei-lhe tudo, desde o momento que, a pedido de meus amigos Maria e Franz, e com a ajuda de Winnetou e Emery, nos dispusemos a localizar Small Hunter. E como, ao invés dele, encontramos Thomas Melton e seu filho Jonathan, que haviam arquitetado um plano diabólico para ficar com a fortuna do infeliz herdeiro.

Primeiras Pesquisas

Capítulo Primeiro

Como é natural, minha narração foi bastante longa e, não obstante, o jovem advogado não me interrompeu nem uma só vez. Mesmo depois que terminei, Afonso Murphy permaneceu em silêncio, até que por fim, olhando-me nos olhos, disse:

— Se tudo o que me contou é a mais pura verdade, temo estar seriamente comprometido.

— Certamente: trata-se de seu nome, da sua carreira, e até da sua fortuna, senhor Murphy.

— Eu sei, e as provas confirmam tudo que me disse, e ainda que ninguém esteja me obrigando a isto, asseguro-lhe que entregarei tudo o que possuo para, ao menos, diminuir o prejuízo que, por conta da minha negligência, sofreram os legítimos herdeiros de Hunter. Para minha desgraça, suspeito que tudo o que entreguei a este audaz usurpador, é coisa perdida.

— Eu não diria tanto, senhor Murphy — tranqüilizei-o. — Ainda poderemos pegá-los!

— Será impossível: cruzaram o oceano e só se deterão quando acharem um lugar que lhes dê a mais absoluta segurança.

— Mas — recordei eu — também uma vez Thomas Melton escondeu-se, e nós o descobrimos em Túnis. Acredito que seu filho Jonathan não terá sorte melhor que o pai. Ainda que deva admitir que será realmente difícil, já que a fortuna foi dividida entre três canalhas.

— O senhor disse três?

Em poucas palavras, expliquei-lhe que Thomas Melton tinha um irmão chamado Henry, e que eu também tivera que intervir uma vez por causa deste outro safado. Contei-lhe minha aventura no México, quando aquele odioso homem tentou apropriar-se da fazenda do Arroyo e escravizou imigrantes alemães, meus compatriotas. Quando terminei, perguntei-lhe:

— Como se chama o homem que escreveu estas cartas, e falsificou sua assinatura?

— Hudson.

— Há quanto tempo trabalha para o senhor?

— Pouco; talvez uns cinco ou seis meses.

— Presumo que já não está mais a serviço, não é verdade senhor Murphy?

— Espero o seu retorno para depois de amanhã. Disse-me ter recebido um telegrama com a triste notícia da morte de um irmão seu, e pediu-me quinze dias de licença para ir ao enterro.

— Disse-lhe onde iria ser o enterro?

— Sim, em Saint Louis.

— Diga-me uma coisa, senhor Murphy: já conhecia Hudson, antes dele vir trabalhar para o senhor?

— Não, mas as recomendações e cartas de apresentação que me mostrou foram as melhores possíveis. Contratei-o e dentro em pouco vi que era merecedor da minha confiança, pois era extremamente dedicado e trabalhava muito bem. Levava uma vida bem reservada, dedicando suas horas livres ao estudo.

— Era ele o encarregado de receber a sua correspondência?

— Sim; inclusive estava encarregado de despachar os assuntos de pouca importância.

— Bem; isso indica que o tal Hudson podia receber, abrir, ler e responder muitas de suas cartas. Diga-me agora, mais ou menos, a idade e o aspecto físico dele.

— Algo em torno de quarenta anos, estatura elevada, musculoso, mas esbelto, cabelos negros, dentes impecáveis...

— Seu rosto?

— Algo estranho, é verdade, ainda que se pudesse dizer que era um homem bonito. Resumindo, era um homem bonito e charmoso, mas seu rosto não me agradava.

— Por esta descrição, senhor Murphy, acaba de me confirmar que contratou Henry Melton! Um dos homens mais velhacos que conheci na minha vida.

— Verdade?

— Sem dúvida alguma! E mais: como não podia aparecer em público livremente, sem correr riscos, levava uma vida retirada. Dedicada ao estudo, como o senhor disse.

— Acredita que ele empregou-se aqui por causa dos planos tramados por seus parentes?

— Não tenho a menor dúvida.

— Mas o senhor se esquece de algo: ninguém podia saber, já naquela época, que eu seria nomeado administrador judicial da herança de Small Hunter.

— Engana-se, senhor Murphy: o velho Hunter era já ancião, sua morte não tardaria. Por outro lado, Jonathan Melton era o retrato vivo do herdeiro, e sabia que o senhor tinha uma estreita amizade com os Hunter. Não era preciso muito mais que isso para se deduzir que seria o senhor o encarregado de todas as questões legais decorrentes da morte do velho Hunter. Creio que isto explica razoavelmente o ocorrido. Seu auxiliar devia manter estreita correspondência com seus parentes, que estavam em Túnis naquela época. Dali recebia cartas de seu irmão e sobrinho, estando sempre a par dos acontecimentos. Essa é a situação, senhor Murphy. O que pensa fazer agora?

— O primeiro a fazer é avisar às autoridades. Para isso, preciso dos documentos que o senhor traz. Irá entregá-los a mim?

— Claro, pois se estou justamente com eles para provar o embuste destes canalhas! Também lhe entregarei os outros papéis que possuo, tanto de Henry Melton, como de seu sobrinho.

— Obrigado, e se isso não for lhe incomodar, gostaria que o senhor e seus amigos testemunhassem no tribunal, que poderá assim ordenar a perseguição imediata destes três canalhas. Prometo-lhe que não perderemos mais nem um só minuto! Para a desgraça destes safados, temos policiais experientes! Não tardarão em descobrir o paradeiro dos fugitivos!

— Eu também seguirei a pista dos Melton!

— Não prefere deixar isso nas mãos das autoridades?

— Gosto de encarregar-me das coisas pessoalmente.

— Bem, devo admitir que Mão-de-Ferro é um incomparável caçador das pradarias, mas uma coisa é perseguir as feras, e outra muito distinta é prender três criminosos tão perigosos.

— Comece por me dizer quanto tempo faz que o pretenso Small Hunter embarcou.

— Umas duas semanas, mais ou menos.

— Vê como as coisas coincidem? Foi mais ou menos na mesma época que seu funcionário recebeu o telegrama e partiu para "enterrar" seu irmão. Onde estava hospedado o falso Small Hunter?

— Estava hospedado na casa de uma viúva, próximo daqui. Disse-me estar ocupado estudando a língua industã.

— Sabe se estava se relacionando com mais alguém?

— Não, ao que parece com mais ninguém. A viúva, senhora Ellis, vive em um elegante apartamento, cinco casas adiante, nesta mesma rua. Fui visitá-lo várias vezes, encontrando-o sempre às voltas com seus livros de estudo, falando-me somente o necessário. Agora é que me dou conta que o embusteiro estava era evitando conversas mais íntimas, que poderiam fazer com que eu descobrisse a farsa!

— Agora, diga-me onde vivia o seu funcionário.

— Perto desta mesma casa; morava um andar abaixo, vivendo como um ermitão. Quer saber de algo mais? Peço-lhe prudência para não atrapalhar o trabalho da polícia.

Confesso, sinceramente, que suas reiteradas advertências para que eu tivesse cuidado, me aborreciam. Eu mesmo, várias vezes, já havia trabalhado como detetive particular, e sempre havia me saído bem. Mas nada lhe disse sobre isto, e informando-o onde estávamos hospedados, despedi-me de Murphy, lamentando que aqueles canalhas houvessem conseguido ludibriá-lo.

Pouco depois já estava junto a Winnetou e Emery, contando-lhes toda a minha entrevista com o advogado. Emery deu um soco na mesa, fazendo-a balançar, e disse palavras furiosas, enquanto o apache permaneceu sereno como sempre. Eu sabia, no entanto, que também ele estava encolerizado com a situação, mas seu orgulho de chefe dos apaches o impedia de externar isto da mesma forma que Emery.

Aquela tarde, depois do almoço, recebemos uma intimação para testemunharmos. Assim o fizemos, sob juramento, com exceção de Winnetou, dispensado deste ritual, já que o chefe dos apaches não seguia nossas leis e costumes. Mas mesmo assim, fomos notificados de que deveríamos permanecer à disposição das autoridades, para o que eles considerassem necessário.

Confesso que, apesar desta ordem, já estávamos decididos a sairmos de Nova Orleães, assim que nos parecesse conveniente.

Estávamos conversando sobre isto no hotel, quando o camareiro apareceu com um indivíduo, que desejava falar conosco. Era um sujeito de bastante idade, vestido com esmero e de aspecto astuto. Sem cerimônia alguma sentou-se na primeira cadeira que encontrou perto, olhou-nos de alto abaixo com atenção, cuspiu o tabaco que estava mastigando e, depois de confirmar quem éramos novamente, disse ser da polícia.

Sua atitude grosseira nos encheu de cautela, e não lhes demos grandes detalhes quando começou a nos interrogar sobre os Melton. O policial reparou nisto, e enfadado, acabou por retirar-se, tão intempestivamente quanto havia chegado.

Ao ficarmos sós novamente, Emery observou:

— Amigos, se esse homem é quem vai se encarregar de achar os Melton... Vamos esperar sentados! Vocês acreditam que eles embarcaram realmente neste navio, indicado por Murphy?

— Eu creio que não — opinei. — Subiram a bordo para despistar, para que todo mundo acreditasse que realmente embarcaram.

— E o que me diz de Henry Melton, que se fazia passar por funcionário do advogado?

— Certamente não foi para Saint Louis. E digo mais: também não foram para a Europa, porque temem que a polícia local já esteja informada, podendo eles serem capturados a qualquer momento. Não voltarão à África, pois temem nos encontrar ali. Creio que o mais certo, nesta situação, é que eles se ocultaram em algum lugar, talvez nem muito distante, mas no qual se sentirão seguros até que este assunto tenha sido esquecido. Aí sim, surgirão novamente.

— Quem sabe eles não estão escondidos nas montanhas e pradarias do Oeste, que conhecem tão bem — disse por sua vez Winnetou.

— Acho que sim! — disse. — Quase me atreveria a dizer que estão escondidos nas Montanhas Rochosas. Possuem agora os meios necessários para comprarem o que precisarem, provisões para uma longa temporada.

Num lugar assim, podem ficar escondidos por um ano, ou o tempo que julgarem necessário.

Seguimos trocando impressões sobre o caso, até que decidi que deveríamos investigar os lugares que Jonathan Melton e seu tio Henry tinham ocupado ali em Nova Orleães. Era possível que em algum destes lugares encontrássemos algo que guiasse nossos passos.

Assim, encaminhei-me à casa da viúva Ellis, tal como havia me informado Murphy. Ao chegar ao edifício, vi que o apartamento estava novamente para alugar, como informava uma tabuleta na porta. Toquei a campainha e uma criada mulata, já de certa idade, e bem gorda, abriu-me a porta, olhando-me com um olhar esquadrinhador, enquanto seu volumoso corpo obstruía completamente a entrada. Conheço o melhor modo de tratar esta classe de pessoas, e por isso, tirando o chapéu educadamente, e fazendo diante da criada uma profunda reverência, perguntei amavelmente:

— Senhora... Tenho a honra de falar com a senhora Ellis?

Tal como esperava, um sorriso mostrou os dentes brancos da criada, que se sentiu lisonjeada ao ser confundida com a dona da casa. E com aquele sotaque característico do Sul, respondeu:

— Oh, não, senhor! Eu não sou nada mais que a cozinheira. A senhora Ellis está em seu quarto!

— Poderia fazer-me o favor de entregar-lhe o meu cartão?

Sempre sorrindo amavelmente, pegou o meu cartão, deu meia volta e gritou, com voz aguda:

— Senhora, um senhor muito fino deseja falar-lhe!

Capítulo II

Pouco depois a criada voltou, fazendo-me entrar em uma sala, fechando a porta ao sair.

No fundo estava uma senhora, já idosa, que me convidou a sentar, com amabilidade:

— Cavalheiro, não sou de receber muitas visitas.

— Vi que tem um apartamento para alugar.

— Realmente — disse ela, e dando mais uma olhada em meu cartão de visitas: — Pelo seu sobrenome, parece-me que é alemão.

— Exatamente, senhora.

— Alegro-me muitíssimo! Somos compatriotas, senhor. Mas tenha a bondade de sentar-se, por favor! O apartamento tem quatro quartos, e se lhe interessar... Ou será muito grande para o senhor sozinho?

Tudo isto ela falou em alemão, serenamente e com enorme gentileza, o que me fez sentir-me culpado por estar enganando-a. Não queria continuar o engano, e confessei-lhe francamente:

— Não vim por causa do apartamento, senhora. Foi apenas um pretexto, que, espero, consiga compreender. Meu objetivo é informar-me sobre um inquilino que teve, chamado Small Hunter.

A expressão de seu bondoso rosto mudou no mesmo instante, e ela indagou:

— O senhor é da polícia também?

— Não, senhora; venho por conta própria, pois tenho motivos pessoais para interessar-me por Hunter.

Voltou a sorrir novamente, com bondade:

— O senhor o conhece?

— Sim, senhora! Muito mais do que gostaria!

— Então... É verdade tudo o que a polícia me disse, quando vieram perguntar por ele?

— Totalmente, senhora. É não só um impostor, como também um assassino.

— Deus meu! Horroriza-me pensar que tive em minha casa um homem assim! Tudo isto é espantoso!

— Fui eu quem trouxe as primeiras notícias do seu

crime. Esta herança, que ele conquistou por meio de mentiras e crime, pertence legitimamente, depois da morte do verdadeiro Small Hunter, a uma pobre família alemã, que reside em São Francisco, numa situação precária, e dos quais sou muito amigo.

— Diga-me o que deseja saber — disse ela, resolutamente.

— Primeiro, gostaria de saber com quem o falso Small Hunter se encontrava.

— O senhor Murphy veio aqui vê-lo algumas vezes, e ele só saiu de casa umas duas ou três vezes, e nada mais.

— Não se recorda se mais alguém veio vê-lo?

— Uma vez veio um homem, que disse ser funcionário do advogado. Mas ele parecia-se muito com o criado de Hunter!

— Ah, então ele tinha um criado?

— Só o tempo que permaneceu em Nova Orleães. Contratou-o poucos dias depois de sua chegada, e o despediu antes de partir.

— Humm! Pode dizer-me como era este homem, senhora?

A boa mulher deu-me alguns detalhes e no mesmo instante percebi que o suposto criado de Hunter não era outro além de seu pai, Thomas Melton.

— E em que se ocupava Hunter? Já que ele não saía de casa, em que aproveitava o tempo? Estudava?

— Não, senhor! Estava sempre a olhar pela janela.

— Pois o senhor Murphy me disse que ele estava se dedicando aos estudos.

— Não é verdade! Só pegava os livros quando o advogado vinha visitá-lo.

— Obrigado, senhora! Já imaginava isto! Com toda franqueza, qual a opinião que a senhora tinha dele?

— No princípio, tomei-o por um enfermo; mas mudei de idéia ao vê-lo visitar constantemente a senhora que me alugou o apartamento de cima. Tem a seu serviço duas mulheres, que me parecem índias. Ela é jovem, e muito formosa... E bastante namoradeira!

— E como ela se chama?
— Silverhill.
— É um nome inglês?
— Creio que sim. Mas sabe o que acho estranho? Sempre que fala com suas criadas, o faz em espanhol.
— E o seu hóspede dava-se muito com esta dama?
— Sim, como ele estava sempre na janela, passando o tempo, chamou-lhe a atenção a linda vizinha, ao vê-la entrar e sair. Informou-se de quem era, fez-lhe uma visita e desde então, subiu com muita freqüência para encontrá-la.
— Sabe mais alguma coisa desta mulher?
— Muito pouco: sei que é muito rica, porque minha cozinheira já conversou algumas vezes com suas criadas. Parece que a senhora é viciada em jogo, e a sorte a acompanha. De vez em quando, reúne alguns cavalheiros para jogarem em sua casa. Eu creio que é viúva, e ao que parece seu marido não era um qualquer.

Pensei um instante antes de fazer outra pergunta:
— Quem sabe o marido dela não foi um grande chefe índio?

A dona da casa riu-se da pergunta, mas ela ignorava que uma idéia começava a tomar corpo na minha mente. Então me perguntou:
— Por que o senhor disse isto?
— Oh, por nada! Mas não creio que uma índia livre se rebaixaria a servir uma dama branca. Isso me faz pensar em circunstâncias especiais a respeito desta sua jovem vizinha, senhora Ellis. Ela é loura, por acaso?
— Não! Tem o cabelo negro como o alabastro. Seu tipo parece hebreu.
— Ora, ora! A senhora sabe seu primeiro nome?

— Sim. Uma vez chegou uma carta para ela, e eu li seu nome: Judith.

— Com efeito! O pressentimento que tive há pouco, parece confirmar-se, senhora! — exclamei, muito contente. — Note que Silverhill quer dizer em alemão Silberberg, e assim se chamava, justamente, uma certa dama judia que aceitou desposar um chefe índio que eu conheci. Vou subir para visitar esta dama!

A dona da casa olhou-me, espantada:

— Como? O senhor a conhece?

— Creio que sim, se minhas desconfianças se concretizarem. Isto é um fato inesperado, que pode levar a importantes conseqüências.

Inclinei-me para beijar a mão daquela nobre mulher, agradecendo-lhe sua atenção, e prometendo que voltaria novamente, para ter o prazer de conversar novamente com ela.

Uma Formosa Mulher

Capítulo Primeiro

Subi as escadas e parei diante da porta do apartamento. Toquei a campainha e uma jovem, de traços indígenas, abriu-me a porta, e respeitosamente deixou-me entrar, sem dizer nem uma só palavra.

Estranhei aquela confiança, pois ela não sabia quem eu era. A jovem abriu outra porta e indicou-me que entrasse em um luxuoso salão, decorado com extremo gosto. Ouvi vozes no amplo aposento contíguo e pouco depois, levantando um pesado cortinado, tinha diante de mim Judith Silberberg, a jovem judia a quem eu havia deixado como prometida do chefe dos índios yumas, quase na fronteira do México com os Estados Unidos.

Logicamente, decorrido tanto tempo, Judith Silberberg tinha mudado, estando mais alta, mais encorpada e muito mais bonita do que quando a vi, quase uma criança ainda. Na primeira olhada já pude perceber que ela havia aprendido a exercer seus portentosos poderes de mulher atraente e bonita, convertendo-se numa experiente sedutora.

Uma prova disto era que, em uma hora em que não deveria esperar visitas, estava vestida com elegância e luxo, trazendo esplêndidos brilhantes que realçavam ainda mais seu decote ousado e seus braços perfeitamente torneados.

Ela também me reconheceu imediatamente, e num tom que mesclava surpresa, alegria e ao mesmo tempo, certa inquietude que não foi capaz de ocultar, falou num espanhol perfeito:

— Oh! O senhor por aqui? Que surpresa agradável! Quem diria que tornaríamos a nos ver! Sente-se aqui! Temos tanta coisa para conversar!

Pegou-me pela mão, levando-me a um gabinete íntimo, muito luxuoso também, obrigando-me a sentar ao seu lado, e sem deixar de sorrir com aqueles grandes olhos, repletos de promessas de mil delícias. Minha intenção era desvencilhar-me de suas mãos, o que resultou inútil, já que ela as manteve entrelaçadas com a minha, dizendo-me maliciosamente:

— Começarei confessando que esqueci seu nome! Mas não o seu rosto, nem ao senhor! Não é vergonhoso, meu amigo?

— Sim, a julgar pelo carinho que me demonstra agora, senhora Judith.

— Rogo-lhe que me perdoe, mas é que escuto tantos nomes, e as pessoas vêm e vão tão rapidamente, que é fácil esquecê-los. Mas se não estou a confundir as coisas, lembro-me que tem dois nomes: o de batismo e um dado pelos índios. Não é verdade?

— Tem razão.

— Como era? Algo a ver com mão ou pé, não é, meu amigo?

Alegrava-me que ela não pudesse recordar meu nome verdadeiro, ou o dado pelos índios, durante os anos em que vivi tantas aventuras no Oeste americano. Queria evitar que ela lembrasse de Mão-de-Ferro, e por isso menti descaradamente:

— Old Firefoot...

— Ah, sim! Old Firefoot — exclamou, muito sorridente. — Já sabia que tinha algo a ver com pé. E seu nome? Era algo de mês ou ano, não?

— Com efeito, senhora Judith... März (Março) — tornei a mentir.

— Ah, certo! E diga-me, senhor März, recorda-se como nos separamos da última vez que nos vimos?

— O caso é que eu me lembro de tudo, minha cara senhora Judith, perfeitamente. E não nos separamos muito amigavelmente. Recordo que lhe havia prometido umas palmadas, se a encontrasse novamente.

Ela então deu um muxoxo, exclamando:

— Mas não seria capaz de cumprir tal promessa, senhor März!

— Engana-se: sempre que prometo uma coisa, eu a cumpro.

— Mesmo em se tratando de uma mulher formosa? Seria capaz?

— Quando se trata da liberdade ou da existência de tantos seres humanos como então era o caso, evitando que se derrame sangue inutilmente, não me deixo levar pelos caprichos de ninguém, mesmo que seja a mulher mais linda da face da terra. Insisto em recordar-lhe que afastou-se do cadáver de seu antigo noivo com a mesma indiferença que teria por um cão sarnento.

Ela então ficou séria, soltando minha mão, e replicando altivamente:

— Já havia dito que não amava aquele homem. Mas, pelo que me disse, posso crer que já me achava bonita então. Não e assim?

— Sim, sempre foi muito linda.

— E agora? — insistiu, com ar triunfante, muito segura de seus atributos. — Não lhe parece que mudei, e para muito melhor?

— Realmente, está agora muito mais bonita.

— Oh! E diz isto assim com esta indiferença? O senhor é diferente dos demais, senhor März, e isto o torna incompreensível. Vejo que continua o mesmo de sempre. Eu estou mais bonita, mas o senhor, em troca, não melhorou em nada, e nem tornou-se mais comunicativo.

Decidi não contestar, mas ela insistiu:

— Senhor März, devo confessar-lhe que, justamente por sua frieza e dureza para comigo, sempre me impressionou muito! Mesmo então, quando era quase uma criança!

— Esqueça isto e não vamos mais falar de mim, senhora Judith, mas sim da senhora! Não se arrependeu em desposar um chefe indígena?

— Pois eu lhe direi... No princípio não, porque ele cumpriu o prometido dando-me ouro, pedras preciosas, um palácio, e até mesmo um castelo!

— Ora! Eu sabia que muitos chefes índios conhecem jazidas de ouro secretas, mas não acreditei que ele cumprisse suas promessas ao pé da letra. Era tão rico como diziam?

— Muito, muito! Reuniu grandes quantidades de ouro, mas nunca me dizia de onde as tirava. Suponho que de montanhas ainda não exploradas pelos brancos. Logo deixamos a comarca de Sonora e fomos para a fronteira de Arizona e Novo México. Ali estava seu castelo!

Fez uma pausa, forçando as recordações, antes de continuar com entusiasmo:

— Era um soberbo edifício asteca, como nunca viram os olhos de nenhum branco, com exceção dos meus, senhor März. Não parecia uma fortaleza, e sim um castelo. Sim, um castelo! Dez índios yumas que não quiseram abandonar seu chefe nos seguiram, com suas mulheres e filhos. Mas aquilo era muito solitário para mim, como se estivesse num deserto. Por isso, não demorei a cansar-me, querendo viver numa cidade. Fomos para São Francisco, onde morávamos num grande palácio, permanecendo eu como proprietária absoluta.

— Uma sorte maravilhosa, senhora Judith. Mas, o que aconteceu com seu marido?

Ela então respondeu, com uma frieza e indiferença espantosas:

— Está morto.
— Sinto muito. Qual foi a causa de sua morte?
— Uma facada — respondeu, sem alterar-se.
— Mas, como aconteceu? Era um índio valente, leal e honrado. Recordo-me que ele sempre cumpria suas palavras, e por isso guardei ótimas recordações dele.

Ela então mudou de entonação, fugindo de minha pergunta:

— O que quer que lhe conte? Foi muito simples e natural. Compreenda que uma mulher como eu logo chamou a atenção em São Francisco, a casa encheu-se de gente, muitos homens me cortejavam, e meu marido nada mais fazia senão irritar-se. Um dia estávamos hospedados na casa de um rico fazendeiro, onde havia muitos convidados, dentre eles vários cavalheiros enamorados de mim. Suas atenções foram a causa que fizeram as facas serem desembainhadas; recordo que um cavalheiro recebeu um corte no braço, e meu marido uma punhalada no coração. E isto foi tudo!

Olhei-a sem conseguir disfarçar minha desaprovação:
— E o que a senhora fez?
— O que eu poderia fazer? Ignora o senhor por acaso que uma mulher cujo marido morre assim, converte-se no mesmo instante numa celebridade, objeto da inveja das outras mulheres? Os laços que me uniram àquele índio estavam rompidos, e assim recobrei minha preciosa liberdade.

— Edificante! — exclamei, para desgosto da mulher.

Para mim, ela havia feito todo o possível para ficar viúva, rica e desejada. Achava-se satisfeita da vida, muito segura de si mesma.

— Como é natural — acrescentei, ao ver que ela não rompia o silêncio — a senhora desfruta, a seu modo, desta preciosa liberdade pela qual tanto ansiava.

— Não posso me queixar; tomei gosto pelo jogo e posso dedicar-me a ele sem ter que pedir permissão a ninguém. Tenho sorte de conseguir ganhar quase sempre, e no que concerne ao amor, meu amigo, direi que não faz muito tempo fiz uma brilhante conquista. Ele está tão apaixonado por mim que já pediu minha branca e inocente mão.

Tive um vago pressentimento, e perguntei:

— Quem é?

— Um jovem cavalheiro, bem educado e muito bonito, que já percorreu quase que todo o Oriente, e agora... Acaba de herdar alguns milhões!

— Parabéns, minha amiga! — festejei, dando mostras de alegria. — Isso é que eu chamo de ter sorte!

— Fazia-me falta — confessou-me, francamente. — Ainda que ganhe sempre no jogo, gasto muito e praticamente já não me sobra quase nada do ouro que meu marido me deixou. Calcule o senhor que tive que vender a casa de São Francisco para poder me sustentar aqui. Porque é assim... Ninguém empresta nem mesmo um miserável dólar.

— Uma simples curiosidade, senhora... Seu atual enamorado chama-se Small Hunter?

— Sim, senhor! — respondeu com entusiasmo. — O senhor o conhece, por acaso?

— Oh, não! Mas já ouvi falar muito dele. Há pouco tempo tomou posse de uma herança de vários milhões. A senhora sabe que sempre se comentam casos assim. Mas me disseram que ele partiu para a Índia.

Inocentemente, caindo em minha armadilha, ela respondeu:

— Não é verdade!

— Ah, não? Pois é o que todo mundo está achando. Dizem até que o viram embarcar! Seu advogado o acompanhou, se não me engano!

— Como somos velhos amigos, posso dizer-lhe: ele realmente embarcou, mas antes de saírem do porto retornou à terra, em um bote.

— Está certa disso? — quis confirmar a informação.
— Claro! Eu estava neste bote! Como já era de noite, regressamos para aqui, onde estivemos jogando até alta madrugada, hora em que partiu para seu destino real.
— E para que toda esta farsa, senhora Judith?
— Posso dizer-lhe que sou eu a culpada. O pai do jovem Hunter esteve várias vezes na Índia e ficou tão fascinado por aquele exótico país que, em seu testamento, determinou que seu filho somente receberia a herança se passasse a morar na Índia, fixando residência ali por dez anos: um só dia fora deste prazo e... Adeus fortuna!
— Que capricho o deste homem! — animei-a a continuar informando-me sobre as mentiras que o esperto Jonathan Melton havia-lhe contado.
— Sim, meu amigo. Caprichos de um velho! E o pior que, nestes dez anos, ele também não pode casar-se. Naturalmente, Small Hunter aceitou estas ridículas condições e assinou os documentos, mas foi então que me conheceu e, naturalmente, mudou de idéia.
Depois de uma breve pausa, acrescentou:
— Compreende o que eu significo para este jovem enamorado. E diga-me, senhor März, não sou muito mais bonita que a longínqua Índia?
— Claro que sim, senhora Judith. Mas se está tão apaixonada por este homem, por que não o acompanhou até a Índia?
— Meu amigo! — exclamou ela, rindo. — Asseguro-lhe que meu amor jamais chegará ao ponto de seguir nenhum homem a um país selvagem e desconhecido. Já tive uma experiência bem amarga ao casar-me com um índio yuma, asseguro-lhe. Saí uma vez de minha pátria, minha querida Polônia, quando o senhor me conheceu, e cheguei com meu pai e outros imigrantes ao México. O senhor é alemão, se me lembro bem, e deve saber o que isto significa. Mas agora transformei a América em

minha segunda pátria, e por nada deste mundo sairia daqui. Vamos nos casar em segredo, se for preciso, e viveremos juntos em meu castelo, situado em um lugar tão afastado e escondido, que nenhum homem branco jamais pôs os pés lá. Bom, exceto meu pai e eu, é claro.

— Pois estou condoído com esta situação, senhora Judith: uma mulher tão linda e admirada como a senhora, não deve ocultar-se assim! Os dias irão parecer eternos!

— Ora, nem tanto. Já lhe disse que alguns índios e suas famílias nos acompanharam até nosso castelo asteca. Estabeleceram-se ali, formando uma pequena colônia que está aumentando. Não faltará animação.

— Mas sentirá falta de muitas coisas da civilização.

— Com dinheiro, recebe-se tudo o que se necessita, acredite-me. Nossos vizinhos são os índios magalones e os zunis, e eles estão em estreito contato com as cidades.

— Ora! Seu castelo asteca é próximo assim?

Esta era uma pergunta de suma importância para mim, e esperei ansiosamente pela resposta da bela mulher. Respirei aliviado ao ouvi-la dizer:

— Meu castelo está entre os territórios destas tribos. Perto do Colorado, mais especificamente perto de seu primeiro afluente, à esquerda.

— Deve ser um local extremamente romântico — ponderei, tentando ocultar a minha alegria diante de tão valiosa informação. — Se não estou enganado, esses afluentes procedem das vertentes ao norte de Serra Branca.

— É verdade. Esqueci-me que o senhor é um autêntico homem do Oeste, um famoso explorador.

— E vou dizer-lhe mais: a parte sul desta região está habitada por apaches e pinsos.

— Exatamente! Agora me recordo que quando fui com meu marido para o castelo, disse-me que teríamos que atravessar estes territórios.

— E como seu namorado irá encontrar o castelo?

— Ora, não terá dificuldade, já que eu o estarei acompanhando.

Aquilo sim, era uma informação valiosíssima! Isto significava que o falso Small Hunter ainda estava por aqui, bem perto. Mas fingi não dar importância a isto, e o mais ingenuamente que pude, disse-lhe:

— A senhora? Mas, o seu noivo está aqui ainda?

— Não, vamos nos encontrar no caminho. E mesmo que isto não aconteça, confio nos dois homens que o estão acompanhando. Eles saberão encontrar o meu castelo.

— Não confie muito nisto — disse, com certo desdém. — Existem homens do Oeste que se vangloriam muito, mas nada sabem. Não servem para orientar ninguém. Eu conheci muitos assim! Mas é claro que se a senhora os conhece bem, e tem motivos para confiar neles...

— Conheço-os relativamente bem: um é o criado que Small Hunter tinha, quando vivia aqui. Parece um homem bastante decidido e prático.

— E ambos partiram com ele?

— Não, senhor. Os três viajando juntos certamente despertariam a atenção. Iremos nos reunir em Albuquerque.

— No Novo México.

— Sim. Iremos para a casa de um tal Plener, dono de um grande hotel.

— Está de parabéns, senhora Judith. Agiram com extrema prudência. Mas estou estranhando que a senhora ainda esteja aqui. Devia partir com eles, para estar mais protegida.

— Pensamos em tudo, senhor März: certamente irão averiguar se o meu prometido está cumprindo as condições do testamento, viajando para a Índia, e eu devo...

— Não acredito! Quem iria se preocupar com tal coisa?

— Os parentes que, se não se cumprirem estas condições, herdariam a fortuna... Small Hunter disse-me que estes parentes estão contando com a ajuda de três homens perigosos: um alemão, um inglês e um índio.

Por um instante, temi que aquela mulher soubesse algo mais de Winnetou, Emery e eu. Mas dominei-me rapidamente, e fiz outra pergunta com ar inocente:

— E a senhora não sabe como estes homens se chamam?

— Não, mas temos uma pessoa encarregada de vigiá-los, e que me avisará assim que algo de novo ocorrer. Já se passou uma semana e creio que posso partir para Albuquerque.

— A senhora confia então nesta pessoa que irá avisá-la no caso de alguma novidade. Conhece-o bem.

— Não. Na verdade nunca o vi. Só sei que é um comerciante que vive próximo de Nova Orleães. Era outro amigo de Small Hunter, que estava hospedado em sua casa, e que foi designado para esta missão.

De repente, chamaram à porta:

— Se o senhor me der licença, senhor März. Estão me chamando.

Eu também havia escutado a campainha, e vi Judith levantar o pesado cortinado que separava a sala onde estávamos do outro salão. A criada índia abriu a porta e anunciou um nome: Jeffers. Escutei então a voz da dona da casa, dizendo à índia:

— Mande-o entrar.

Mas ela já havia deixado cair o cortinado, e nada pude ver.

O Joalheiro

Capítulo Primeiro

Não podia ver, mas podia escutar.

Do outro lado do cortinado, uma voz masculina perguntou algo agitado, em inglês:

— Estamos sós, senhora Judith?

Sem responder a esta pergunta, a dama falou impaciente:

— Fale o senhor!

— Já estão aqui os três sujeitos que esperávamos. Meu filho avisou-me. Ele é empregado no escritório onde assinaram sua declaração.

— Declaração? As autoridades estão querendo saber se Hunter partiu realmente?

Pelos ruídos surdos, compreendi que aquele homem vacilava um pouco antes de responder. E quando o fez, foi de forma bem ambígua:

— Bom... Também se trata da viagem. Nada mais posso dizer, senhora. Só posso dizer-lhe os nomes desses três homens, se é que a senhora já não os sabe.

— Não... não sei. Diga logo!

— O índio é o chefe dos apaches, chama-se Winnetou.

Judith disse, agudamente:

— Disse Winnetou? Este índio eu conheço! O vi há pouco tempo!

— O outro é um explorador inglês, cujo sobrenome é Bothwell.

— Nunca ouvi falar dele.

— E temos então o mais perigoso deles: um famoso homem do Oeste, conhecido por Mão-de-Ferro. Ao menos é assim que os índios o chamam.

A reação de Judith foi instantânea ao ouvir aquele nome. Possivelmente recordando, exclamou:

— Mão-de-Ferro! Sim, claro! É isto! Venha comigo.

Ouvi fechar-se uma porta com estrépito, e tudo ficou em silêncio. Pelo visto, Judith havia levado o misterioso mensageiro a outro cômodo da casa, para que eu não pudesse ouvir a continuação de seu diálogo. Estava certo de que, ao ouvir o nome de Mão-de-Ferro, ela lembrara-se de que este era o meu verdadeiro nome, e não Pé-de-Fogo, como eu havia lhe dito.

Precavidamente, toquei o revólver que levava no bolso, para tranqüilizar-me. Sabia que Judith era capaz de tudo, apesar de aparentar ser uma delicada mulher. Assim passou-se um quarto de hora, antes que ela regressasse, muito pálida, com os enormes olhos lançando chispas ameaçadoras ao olhar-me. Não havia dúvida que estava muito nervosa, fazendo grande esforço para ocultar isto.

E tratou de ir perguntando, diretamente:

— Escutou parte de minha conversa com este visitante?

Com toda a calma, contendo-me também, respondi:

— Sim, senhora.

— O senhor é um canalha! Enganou-me! — explodiu então. — Sabe qual o nome que se dá a isto, portando-se assim com uma senhora e em sua própria casa?

— Não o diga, porque não estou disposto a consentir a menor ofensa de lábios como os seus — adverti-lhe severamente. — A senhora é a prometida de um falsário, um assassino! Quem iria me impedir de entregá-la à polícia?

— Quem impedirá? Eu mesmo lhe direi!

Antes que pudesse evitar, correu até a porta e trancou-a. Devo confessar que nada fiz para impedi-la. Na verdade, já esperava esta reação, e com o que já havia conversado com aquela mulher, já tinha o suficiente para começar a rastrear os Melton. O importante agora era sair daquela casa, mas também não me apressei em fazê-lo.

Aproximei-me de uma das janelas e pude ver Judith saindo precipitadamente, seguida por suas criadas índias. Estas estavam levando pesadas bolsas e não era difícil supor que carregavam as coisas de maior importância ou valor.

Da minha parte, ao invés de forçar a porta fechada, ou saltar por uma das janelas, calmamente investiguei os aposentos, um por um. Sobre uma mesinha do gabinete encontrei um álbum de fotografias e o abri, pondo-me a ver os retratos: havia vários de Judith, resplandecendo em sua grande beleza, também havia retratos do índio que havia sido seu marido, e que eu havia conhecido tempos atrás; havia retratos de seus amigos, ou família, eu supus, mas um deles chamou-me a atenção violentamente.

Ali estava Jonathan Melton, junto a Judith, ambos sorridentes. Tirei a foto do álbum e ao virá-la, pude ler:

"Declaro, sob a garantia de minha assinatura, que prometi matrimônio à senhora Silverhill.

Small Hunter"

Era engraçado!

Um impostor, um farsante que se fazia passar pelo verdadeiro Small Hunter... Dando sua palavra de honra! E dando sua assinatura como garantia!

Capítulo II

Quem está inteirado do rigor com que se castiga, nos Estados Unidos, a ruptura de uma promessa matrimonial, compreenderá o que podia significar aquelas linhas ali escritas.

Não pude deixar de sorrir ao pensar que aquele homem, aquele assassino, que se achava tão esperto, estava completamente enredado nas tramas de uma sedutora como Judith.

Estava certo de que se não conseguíssemos apanhá-lo em Albuquerque, o faríamos no castelo asteca, cuja localização a proprietária havia tão inocentemente me informado.

Pensando em tudo isto, continuei a examinar os aposentos, para ver se encontrava algo mais que pudesse me ser útil, guardando em meu bolso a curiosa fotografia, com a comprometedora declaração de amor do falso Small Hunter.

Quando finalmente fui verificar a porta, vi que não necessitaria ser um ladrão profissional para arrombá-la. Usei minha faca como chave-de-fenda, soltando os parafusos da fechadura e, em poucos minutos, sem precisar quebrar nada, saí calmamente da casa de Judith. Logo estava na rua, como se estivesse dando um agradável passeio. Mas antes disso, passei no apartamento da viúva, para informar-lhe brevemente do acontecido.

Fui então não em busca de Winnetou e Emery, que já deveriam estar me aguardando, mas sim em busca do homem que havia se encontrado com Judith enquanto eu estava em sua casa.

Lembrei-me que Murphy havia me dito que Hudson, ou melhor, Henry Melton, estava morando numa casa ali próxima, como inquilino de um joalheiro. Não foi custoso encontrar o que procurava: um cartaz pregado na janela indicava-me que ali trabalhava Jeffers, revendedor de jóias e relógios. A porta estava fechada e à minha chamada acudiu uma mulher.

— O senhor Jeffers, por favor — disse, amavelmente.

— O senhor Jeffers não está. O que o senhor deseja? — disse a mulher.

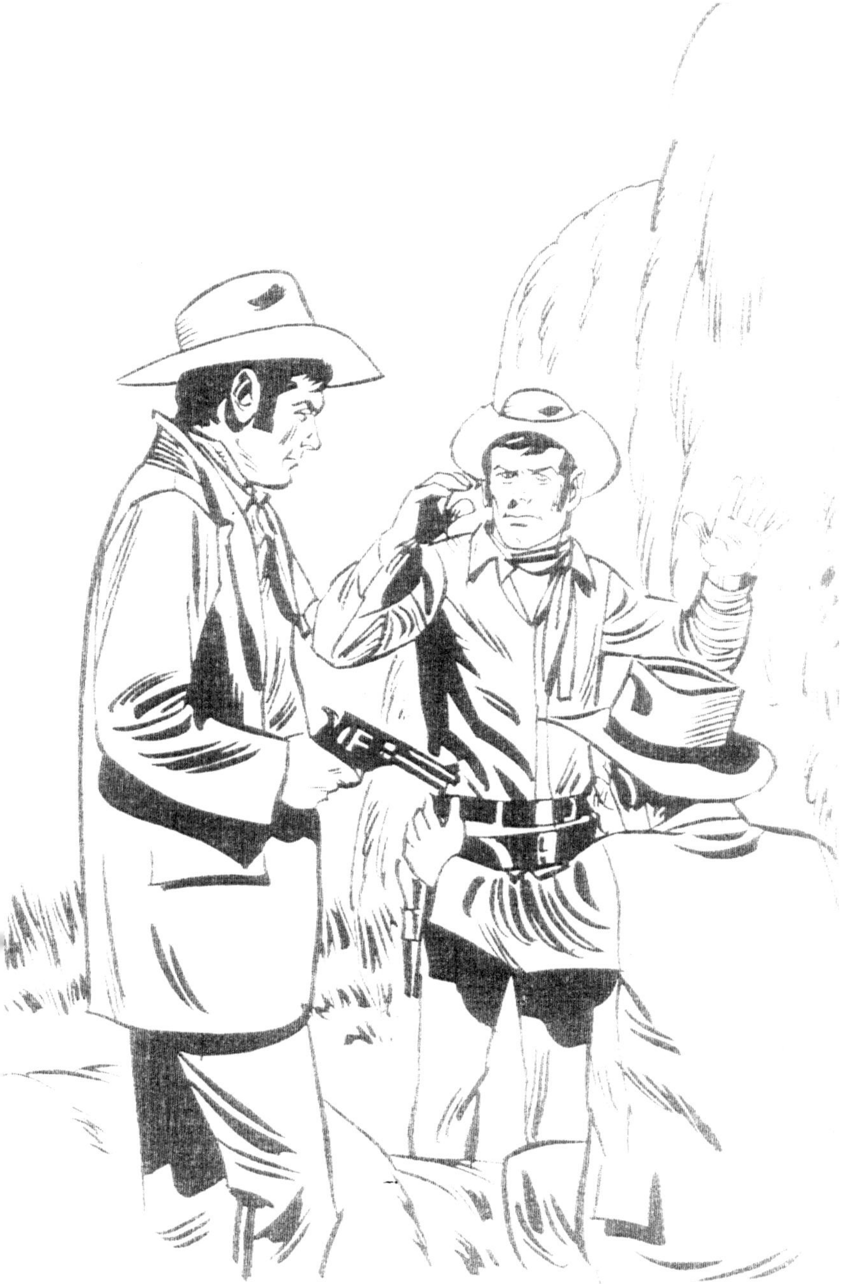

— Gostaria de comprar uma pulseira, ou alguma jóia valiosa. Quero presentear a uma senhora.

— Se o senhor quiser esperar. Meu marido não demorará muito.

Esperei cerca de uma hora pelo joalheiro. Quando a mulher abriu-lhe a porta e explicou o que eu queria, ele gentilmente disse:

— O senhor deseja comprar um bracelete? Poderia oferecer-lhe um magnífico, que faz par com um broche. Dou-lhe minha palavra que a senhora irá adorar. Sobretudo as louras!

— Infelizmente, a senhora Silverhill não é loura! — respondi.

No mesmo instante ele abaixou as pulseiras que me mostrava, perguntando-me com interesse:

— Disse senhora Silverhill? Conhece uma dama chamada assim, senhor?

— Certamente. Este presente é para ela — menti descaradamente. — Poderia ir a uma das melhores joalherias da cidade, mas estou dando-lhe preferência porque preciso de sua ajuda.

— Minha ajuda, senhor?

— Com efeito. Esta dama acaba de partir, e somente o senhor sabe onde ela está.

Seu rosto encheu-se de receio, e ele negou:

— Eu? Não sei de nada! Nada tenho a ver com esta senhora Silverhill.

— O senhor esteve há pouco em sua casa, para informá-la que na cidade haviam chegado Winnetou, Emery Bothwell e um tal de Mão-de-Ferro. O seu filho irá perder o emprego, hoje mesmo. E naturalmente, tanto o senhor quanto ele irão ser autuados em um processo judicial.

Em vez de ficar aterrado diante desta ameaça, Jeffers pareceu recobrar a serenidade, mas ainda com o rosto contraído pelo medo, disse:

— Bem. O que há de errado no que eu fiz? Posso assegurar-lhe que nunca duvidei da identidade de Small Hunter. Faz menos de uma hora que fiquei sabendo, pelo meu filho, que ele está sendo acusado por assumir falsa identidade. Mas ainda assim, parece-me impossível que ele seja um falsário, um criminoso!

— Pois ele é! E quando for capturado, acabará sendo enforcado, o mesmo acontecendo com seus comparsas.

— Oh, senhor! — começou a implorar. — Eu não fiz nada de errado! Juro pelo que há de mais sagrado!

— Não acho que seja assim, já que o funcionário do senhor Murphy, o senhor Hudson, dispensava-lhe a mais completa confiança.

— Não é verdade! O senhor Hudson e eu tínhamos uma relação estritamente comercial de inquilino e proprietário!

— Mas o senhor estava encarregado de levar as mensagens à senhora Silverhill.

— Sim, mas sem nenhuma outra intenção. O senhor Hudson partiu para Saint Louis e não demorará em regressar. Quando partiu, encarregou-me de verificar, por intermédio de meu filho, se aqui tinham chegado três homens, dispostos a testemunharem contra Small Hunter. Nada mais que isso, senhor! Nada mais!

— Mas certamente eles o pagaram para levar esta informação à senhora Silverhill.

— Muito pouco, senhor.

— Isso não o favorecerá em nada.

— Sou pobre, e devo aproveitar todas as oportunidades! Não poderia o senhor tirar-me desta enrascada?

— Depende do senhor. Aonde está Hudson agora?

— Já lhe disse: Saint Louis. Acompanhado pelo criado do senhor Hunter.

— Viu este criado?

— Ele veio aqui algumas vezes conversar com o senhor Hudson.

— E o senhor não sabe que são irmãos?

— Não! Achei que realmente havia uma semelhança entre eles, mas não pensei que fossem irmãos.

— Mas o senhor saberá ao menos para onde foi a senhora Silverhill.

— Eu mesmo comprei seus bilhetes de trem, senhor. Dirigiu-se a Jacksonville, mas na realidade quer chegar a Gainesville, perto de Dallas e Denton. Suas criadas índias a acompanharam.

— Isso é uma volta considerável. Ela podia ter partido no trem que vai direto à Gainesville.

— Sim, claro; mas me disse que estava fazendo isto tudo para despistar Mão-de-Ferro.

— Está bem, amigo. E reze para não tornar a me encontrar. Será melhor para você.

Aquele pobre diabo ainda deve estar boquiaberto diante da surpresa que lhe preguei, ao não denunciá-lo à polícia. Na realidade, eu estava satisfeito com o excelente resultado de minhas visitas e indagações. Ainda tinha duas horas antes de pegar o trem para Gainesville, se é que nós iríamos nos decidir por seguir esta pista.

Quando regressei ao hotel, coloquei Winnetou e Emery a par de todo o ocorrido, e eles também ficaram bastante satisfeitos com as minhas descobertas.

Não obstante, devo confessar que minhas investigações de nada serviriam se eu não contasse com a ajuda de Emery. Não tinha dinheiro para ir a Gainesville, mas para Emery e sua enorme fortuna, este gasto não era nada.

Para Winnetou também não. Ele tirou de sua sacola uma das pepitas de ouro que sempre carregava, e ofereceu-se prontamente para pagar metade das despesas que teríamos para continuar seguindo a pista dos Meltons.

Um Grande Hotel

Capítulo Primeiro

Duas horas mais tarde já estávamos no trem, tendo à nossa direita a margem do grande Mississipi, e alcançando o rio Colorado ao amanhecer.

Era ali o entroncamento da linha de Jackson, e calculamos que a linda Judith deveria vir naquele trem. Fomos para o vagão restaurante, observando através das janelas se a mulher que esperávamos ia subir no trem para prosseguir a viagem.

Como Judith conhecia a mim e a Winnetou, deixamos Emery a vigiá-la. Dentro em pouco ele nos informou:

— Aí está! Subiu no penúltimo carro! O que vamos fazer com ela?

— Segui-la. Nada temos com ela. São os Melton que nos interessa capturar — disse.

— Mas ela os avisará — alertou-me Emery.

— Não vamos deixar que o faça. Assim que chegarmos a Albuquerque, compraremos bons cavalos e nos adiantaremos.

— É possível que, ao atravessarmos estes territórios, tenhamos conflitos com os comanches ou kioways.

— Teremos que nos arriscar. É o caminho mais curto — expliquei a Emery.

Foi quando Winnetou interveio:

— Meu irmão não deve decidir isso. O comanches estão presentes desde o Norte até a estrada de Santa Fé. Winnetou não os teme, ainda que sejam seus inimigos mortais, mas se queremos chegar logo a Albuquerque, não devemos perder tempo com combates inúteis.

O apache havia falado prudentemente, e eu sorri, pedindo-lhe desculpas com um olhar. Conhecíamos-nos tão bem, que no mesmo instante ele interpretou meus pensamentos e me sorriu amistosamente.

A viagem prosseguiu sem mais nada digno de nota, a não ser o fato de termos pego um pedaço novo na estrada de ferro, o qual era preciso percorrer devagar e com cuidado. Esta foi a causa de chegarmos de noite à Gainesville. Nenhum de nós três nos movemos do vagão, até que vimos Judith e suas criadas índias afastando-se. Foi quando decidimos desembarcar também, para que não houvesse o perigo de sermos descobertos.

Diga-se de passagem que, naquela época, Gainesville era um lugar desolador. Suas edificações não podiam ser chamadas de casas, porque pareciam na verdade cabanas. A estação não tinha um restaurante, e naquele lugar ermo e afastado não havia mais do que duas casas de hóspedes, que ousavam nomear-se hotéis. Basta dizer que a pior taverna de qualquer aldeia era um paraíso ao lado daqueles "hotéis".

Seguindo Judith cautelosamente, vimos que ela desapareceu no melhor dos mencionados estabelecimentos. Demos um tempo para que ela se instalasse e só então entramos no hotel.

Ali dentro parecia reinar a obscuridade, mas ao soarem nossos passos, alguém apareceu, certamente o dono, com uma lamparina em uma das mãos, que ele deixou sobre uma das mesas, saudando-nos:

— Novos hóspedes! Hoje é meu dia de sorte! Bem-vindos, cavalheiros! Desejam hospedar-se no hotel? Asseguro-lhes que a comida é boa, assim como a cama, e também os preços.

— Estamos decidindo se vamos ficar ou não — disse Emery. — Vocês têm cerveja?

— Como não, senhor! Da melhor. Porter, inglesa legítima.

— Pois traga-nos este néctar!

Estávamos bebendo aquela cerveja detestável quando, inesperadamente, vimos entrar Judith, que acomodou-se em uma das outras mesas. Mesmo havendo pouca luz naquele salão, ela certamente iria nos descobrir. Levantei-me e, aproximando-me dela, saudei-a animadamente:

— Como está, senhora Silverhill? Já pode ver que nossa entrevista em sua casa foi-me tão agradável, que não tive forças para privar-me de sua presença por um longo período. Em sua precipitação para partir, deixou para trás algo que, sem dúvida, representa muito para você. Ao encontrá-lo, decidi tomar também o trem somente para entregar-lhe isto. Aqui o tem, minha senhora!

Tirei a foto com a promessa de casamento do falso Small Hunter e a mostrei à luz da lamparina que havia sobre sua mesa. Com um movimento veloz, ela arrancou-me a foto, dizendo:

— Isso me pertence! E possuindo-a, o resto não me importa.

— Conserve-a então, minha senhora — insisti debochadamente. — Com a essa assinatura e esta promessa, a senhora pode obrigar a um dos maiores falsários do mundo a se comportar bem.

Sem poder conter sua irritação, ela gritou furiosamente:

— Freie sua língua, caluniador! Meu noivo é um homem honrado!

E voltou-se para o dono do hotel, que nos observava estarrecido, pedindo-lhe:

— Tem um quarto mais afastado e bem seguro? Estou vendo que aqui estão hospedadas pessoas perigosas.

— Tenho um aposento digno de uma princesa, senhora.

— Pois então mostre-o agora mesmo!

O hoteleiro pegou o lampião para guiar Judith e suas criadas, que haviam se mantido prudentemente distanciadas da confusão. Um quarto de hora depois o hoteleiro regressou, período o qual nós três ficamos na quase escuridão. Pedimos-lhe então ao menos uma vela, se é que ele tinha alguma ali...

O hoteleiro entregou-nos a vela, dizendo que teríamos que pagar por aquele "luxo" extra. E diante do nosso desejo de jantarmos, ofereceu-nos carne assada com pão.

— Quem é o cozinheiro? — quis saber Emery, em tom de brincadeira.

— Eu mesmo — disse o hoteleiro.

— Pois então traga-nos a comida e nos diga se podemos descansar aqui esta noite.

— Claro que podem! Irão dormir como príncipes!

— Onde?

— Aqui no salão. Terão camas individuais!

— O senhor é um otimista, amigo! — disse-lhe. — Existem cavalos para alugar aqui em Gainesville?

— Sim, senhor! E magníficos! Não existem cavalos como os nossos em todo o Oeste. De pura raça árabe, persa ou inglesa, como quiserem. E o preço, é tão pequeno que nem vale a pena mencionar. Eu sou o maior conhecedor de cavalos de toda a região!

— E quanto a arreios e selas?

— Temos de todos os tipos, e magníficos! Vindos de Saint Louis!

— Veja bem, meu bom homem: só desejamos que os cavalos e arreios sejam um pouco melhor que sua cerveja. E agora diga-me: quais as saídas que o quarto ao qual conduziu as damas, tem?

— Saídas? Bom, somente a que lhes serviu para entrar lá. E agora, se me permitem, vou preparar-lhes um excelente jantar, cavalheiros.

O "excelente" jantar foi simplesmente abominável. Tudo tinha gosto de sebo, e as camas... Bom, estas eram uns colchões duros e esburacados, fazendo-nos passar uma noite de cão. Mesmo porque, as pulgas quase não nos deixaram dormir!

Por volta da meia-noite, o ouvido atento de Winnetou captou algo, e nos acordando disse baixinho:

— Escutem, irmãos!

Prestei atenção, ainda que meio dormindo, e consegui distinguir ao longe um leve ruído, como uma carruagem ou carroça a mover-se. Aos poucos, o ruído parou, e voltou a reinar o mais completo silêncio. Vagamente recordei que o dono da casa nos havia dito que as mulheres não poderiam sair senão por onde haviam entrado, e isto me tranqüilizou. E recomendei aos meus amigos que voltássemos a dormir.

O dia começava a clarear quando nos levantamos, e dentro em pouco chegou o hoteleiro, com um sorriso malicioso nos lábios. Não nos desejou nem bom-dia.

— Quando partem?

— Hoje mesmo, assim que conseguirmos os cavalos.

— Não lhes venderei nem mesmo uma mula — afirmou, decidido.

Olhei-o com estranheza:

— E por que não, amigo? Ontem a noite fez a melhor propaganda de seus cavalos!

— As coisas mudaram, e não gosto de gentalha como vocês. Assim que pagarem... saiam de minha casa!

— E qual a causa disto, bom homem?

— Não me chame de bom homem! Estou lhes dizendo para irem, e em paz!

Tive um pressentimento e, sem lhe dar muita atenção, perguntei:

— Onde estão as mulheres?

— Muito longe daqui! — respondeu-me firmemente.

— Mas o senhor nos disse que não podiam sair desta pocilga senão por onde entraram!

— Eu disse isto, mas os enganei. Aluguei-lhes um bom carro, e ajudei-as a fugir de vocês!
— Por que?
— Primeiro, porque quis; segundo, porque me pagaram regiamente, e terceiro porque vi que ontem a noite estava incomodando a senhora. Ela me disse que vocês são uns canalhas. Não me façam repetir para que saiam de minha casa!

Compreendi que Judith havia empregado todo o seu poder de sedução para convencer o pobre hoteleiro, e desejando esclarecer as coisas, disse:
— Esta senhora disse quem somos, amigo?
— Não, mas não me faz falta saber ou não.
— Pois mesmo que não queira, vou dizer-lhe assim mesmo. Aqui está Winnetou, o grande chefe de todas as tribos apache. Eu sou Mão-de-Ferro, cujo nome já terá ouvido pelo menos uma vez, e nosso amigo aqui é sir Emery Bothwell, um famoso explorador inglês, milionário, nobre, e como tal, não vai deixar barato uma ofensa como esta. Entendeu?

A expressão do rosto do hoteleiro foi mudando aos poucos, e ele terminou por balbuciar:
— De... De verdade... Vocês são Winnetou e Mão-de-Ferro?
— Dou-lhe minha palavra de honra que não estou mentindo. E esta mulher contou-lhe somente mentiras!
— Bom, eu... eu... Se é assim... Para mim é uma grande honra tê-los como hóspedes no meu hotel! Nada menos que o grande chefe apache e seu célebre amigo Mão-de-Ferro!
— Vai nos vender estes cavalos agora?
— Claro que sim! Venham! Venham por aqui!

Levou-nos a um estábulo, a uns dez metros de sua casa. Ali estavam uns doze cavalos de boa raça. O experiente índio agradou de dois soberbos alazãos, e de um lindo cavalo com o pêlo muito negro, dizendo depois de trocar um olhar comigo:

— Por esses três, meus irmãos podem pagar oitenta e cinco dólares! E nem um centavo a mais!

— Míseros oitenta e cinco dólares por esses animais? — começou a protestar o homem.

— Nada mais! E quinze dólares por cada sela e arreios correspondentes — confirmei eu, para não desautorizar Winnetou. — Se não aceitar, vamos procurar em outra parte, como você mesmo já nos aconselhou, e em paz!

O hoteleiro pensou um pouco, e olhando para o bico de suas gastas botas, aceitou:

— Fechado. Mas com uma condição, senhores.

— Então diga-nos, homem.

— Podem pegar estes cavalos e levá-los até a minha casa, onde os arrearão. Mas, enquanto isto, eu farei algo muito particular.

— E não pode dizer-nos do que se trata?

— Oh, sim! Vou avisar aos meus funcionários que tenho em meu hotel três homens famosos.

— E para que? — quis saber Emery.

— Deixem isto comigo e tratem de tomar todas as providências necessárias para a partida. Peguem as provisões que estão lhes faltando. Eu vou cuidar de meus negócios! Não estou certo?

Pouco depois, já sabíamos o que o hoteleiro havia querido dizer: parecia-me que todos os habitantes de Gainesville haviam se reunido no pátio ou no salão de seu hotel, para ver-nos, enquanto fazíamos nossos preparativos para a viagem.

A explicação era simples: aproveitando aquela multidão que enchia seu salão, o hoteleiro tratou de vender-lhes jarros e jarros de sua péssima cerveja, enquanto contava aos seus "clientes" nossas façanhas.

Quando nos afastamos, deixando para trás aquela multidão, não pudemos deixar de rir e comentar que realmente aquele homem sabia tomar conta de seu negócio!

O Furacão

Capítulo Primeiro

Antes de partirmos, o hoteleiro informou-nos que as mulheres haviam partido em direção de Henrietta, já que ali encontrariam cavalos e poderiam alcançar a linha férrea do Canadá, que conduz a São Pedro e Albuquerque.

Esta informação só nos deu assim que se convenceu de que éramos quem realmente havíamos dito, e não encrenqueiros. O hoteleiro presenteou-nos também com uma útil frigideira e três copos.

Dirigimo-nos então para Henrietta, onde nos informamos sobre a formosa judia e suas criadas. Elas haviam estado ali há cerca de umas oito horas, e haviam adquirido novos cavalos para continuarem sua jornada.

Naturalmente, ela estava certa de que seguiríamos suas pegadas, e por isso havia dado boas gorjetas para que ninguém desse estas informações facilmente. Mas a verdade é que certas pessoas recebem dinheiro de um lado e de outro também, o que nos permitia descobrir tudo o que a formosa mulher desejava ocultar.

Pelo visto, Judith estava levando consigo uma respeitável soma de dinheiro, o que lhe permitia tais gastos, mas Emery também não ficava atrás, e puxando para o lado um garotinho sardento, prometeu-lhe:

— Eu lhe darei um centavo por cada uma de suas sardas se você me der algumas informações sobre uma mulher que estamos perseguindo.

Aquela era uma excelente promessa, porque o menino tinha tantas sardas no rosto que demoraria certamente um bom tempo para se contar todas. A gratificação acabou por ficar em três dólares, mas nosso informante deu-se por muito satisfeito, e não só nos colocou a par da hora de chegada e partida da mulher, como também nos informou que antes havia passado por ali um senhor, que havia arranjado tudo para que a senhora pudesse continuar sua viagem sem contratempo algum. Ao ouvir isso, pus outro dólar na mão do menino, pedindo-lhe que se esforçasse para lembrar como era este senhor e tudo o que ele dissera.

O menino descreveu-nos o homem detalhadamente, e nem eu nem meus amigos tivemos dúvidas de que se tratava de Jonathan Melton.

Segundo o menino nos informou, a senhora estava indo para a estrada de São Pedro, aonde se reuniria aos cavalheiros. Tínhamos algo a nosso favor: eles iam de carruagem e teriam que dar uma grande volta, o que nos daria a possibilidade de nos adiantarmos e chegar primeiro ao destino, que era, sem dúvida, Albuquerque.

Ainda assim, tivemos que enfrentar uma dura e perigosa jornada, já que a rota cortava a planície pela parte norte, cruzando uma série de aterros que não estavam isentos de privações e perigos.

Logo a vegetação desapareceu, transformando-se a pradaria num deserto. E foi neste árido deserto de areia que tivemos que cavalgar um dia inteiro, com enorme esforço e fadiga para nossos cavalos, que eram incapazes de ir adquirindo vantagem sobre as oito horas que nos devia levar a carruagem que conduzia Judith e suas criadas índias.

Na manhã seguinte, a areia converteu-se em pedra, tamanha a dureza, e mesmo com nosso enorme esforço e toda a maestria de Winnetou, perdemos os rastros da carruagem. Isso nos obrigou a ir dando voltas para nos orientarmos, pois temíamos que, apesar de estar Judith dirigindo-se para Albuquerque, pudesse ela encontrar-se no caminho com Jonathan Melton e desaparecer para sempre, mudando os planos. Tínhamos que levar em conta que a formosa judia não iria deixar de informar a Melton que a estávamos perseguindo, e isto era um risco que tínhamos que correr.

Por sorte, encontramos novamente os rastros quando o terreno voltou a ser novamente arenoso, e detemo-nos um momento para repor as forças junto a um charco cujas águas serviram para apaziguar nossa sede. A cor da água era bem desagradável e nos vimos obrigados a filtrá-la, pelo menos um pouco, usando nossos lenços.

Dos três, Emery era quem parecia mais fatigado, e antes de tornar a montar, exclamou desalentado:

— Mau negócio! Se continuarmos assim, não conseguiremos alcançar esta mulher.

— Acho pouco provável conseguir alcançá-la antes de Albuquerque — admiti.

— É possível que Jonathan Melton a esteja esperando em alguma parte do caminho — observou o apache. — Se for assim, conseguiremos alcançá-los.

Era uma probabilidade, e perguntei francamente ao apache:

— Aonde acha que eles marcariam um encontro?

— Onde houver abundância de água: junto ao rio Canadense. Nós estamos a uns dois dias dele.

Aqueles dois dias de cavalgada até chegarmos ao rio Canadense foram, realmente, muito duros. Nossos cavalos davam constantes mostras de fadiga e o sol nos abrasava, como se estivéssemos num imenso forno. Tivemos a sorte de encontrar uma pequena laguna, na qual deixamos nossos cavalos beberem até esgotá-la; chegando ao meio-dia em um lugar onde cresciam pontiagu-

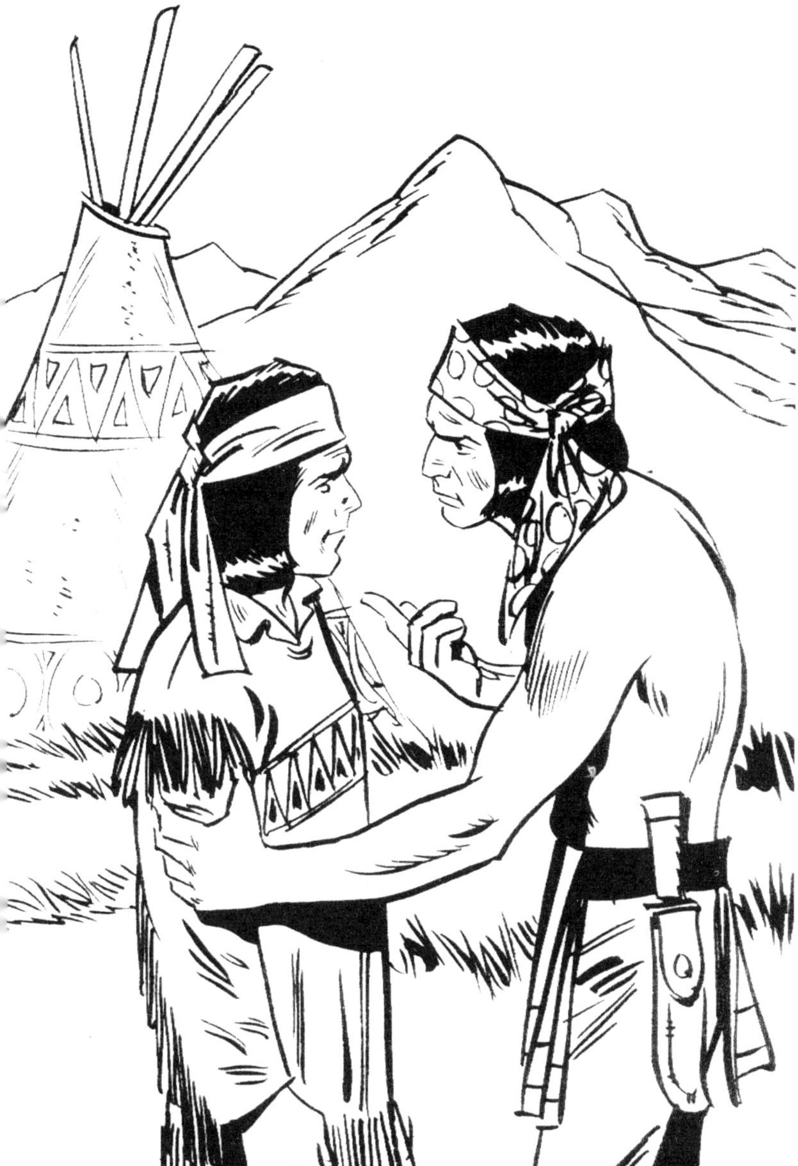

das árvores, típicas daquela quente região. Mas as frutas destas árvores eram suculentas, e ainda que adocicadas e enjoativas, davam para matar a sede. O instinto dos animais os faziam procurá-las, e foram eles que nos levaram até às árvores, o que nos possibilitou refrescarnos um pouco.

O temor de perdermos de vez os rastros nos obrigou a seguir logo, calculando que, antes do anoitecer lograríamos alcançar algum dos muitos afluentes do rio Canadense. Se fosse assim, disporíamos de água suficiente e pastos para os cavalos, o que diminuiria um pouco nossas privações.

Antes do meio-dia o ar estava tão pesado e sufocante, que nos era custoso até respirar. Para o sul, o horizonte começou a cobrir-se de reflexos avermelhados, e a aguda visão do índio o fez dizer:

— Haverá uma tempestade de areia.

A experiência já me havia ensinado a não desmerecer nunca as observações de meu bom amigo apache. Eu sabia, por conta de outras aventuras que vivêramos juntos, que Winnetou possuía uma espécie de sexto sentido quando observava a natureza, motivo pelo qual resolvemos acelerar nossa marcha. Quando um furacão se abate sobre a planície, o forte vento eleva até o céu os redemoinhos de areia. E se não queríamos morrer sufocados por estas nuvens de areia, o melhor a fazer era chegarmos até um lugar propício para nos abrigarmos desta terrível tempestade que se avizinhava.

A faixa avermelhada no horizonte estendia-se cada vez mais, até cobrir quase toda parte visível do céu para o sul, dando a falsa impressão que a noite chegava prematuramente. Afrouxamos as rédeas, deixando os cavalos galoparem livremente, já que o instinto desses animais os advertem dos perigos. E os cavalos, apesar de estarem extenuados, reuniram suas forças para tentarem chegar ao fim daquele deserto.

Mas não conseguiam galopar com a velocidade necessária para alcançar o término daquela zona tão exposta à tormenta que se aproximava, e sem nenhuma piedade, compreendendo de que se tratava de suas vidas ou das nossas, Winnetou nos gritou:

— Açoitem os cavalos! Eles precisam ir mais rápido! Mais rápido!

Emery e eu seguimos seu exemplo e começamos a açoitar com dureza os pobres animais. Corriam com a língua de fora, e tropeçavam nos próprios cascos, mas sabíamos que se não os incitássemos, iriam deter-se, exaustos. Nós sustínhamos esta veloz carreira a custo de chicotadas e gritos, passando como uns loucos por entre a vegetação que já começava a balançar por conta do terrível vento.

Minutos depois chegamos à uma zona mais resguardada, onde uma vegetação frondosa crescia, alcançando um arroio no qual instintivamente os cavalos quiseram deter-se para matar a sede. Mas nós, sem fazermos caso disto, continuamos implacavelmente fustigando-os, com todas as nossas forças, até que uma centena de metros mais adiante nos detivemos.

Estávamos salvos!

Capítulo II

Não necessitamos nem apear, pois naquele mesmo instante, ao nos determos, nossos cavalos caíram com uma convulsão que os sacudia, mostrando a ressecada língua, e com os olhos fechados.

— Desmontem! — gritou Winnetou.

— Rápido, Emery! — gritei por minha vez, animando nosso companheiro. — Esfregue-o vigorosamente!

Eu, por minha vez, esfregava meu cavalo com todas as forças de meus braços. Era nesta tarefa estafante que estávamos quando arrebentou o que temíamos. Um estrondo ensurdecedor rasgou o pesado ar, seguido de mil sibilados semelhantes a soluços lastimosos. O ar ficou rarefeito, com um calor asfixiante que, sem transição, passou a um frio intenso, digno das zonas polares.

Diga-se de passagem que, por já haver presenciado este fenômeno outras vezes, eu esperava por esta brusca mudança de temperatura que podia resultar fatal para nós e nossas exaustas cavalgaduras. Por isso, com uma vara que cortei de uma árvore, comecei a golpear com toda a força o meu cavalo, desejando que a circulação de seu sangue não se interrompesse. Winnetou fazia o mesmo, e Emery, mesmo sem compreender o porque de nossa atitude, nos imitou no mesmo instante.

— Sem os cavalos estaremos perdidos! — gritei.

Aquele intenso frio não durou mais que uns instantes, mas foi tão penetrante, que dado o cansaço de nossos pobres cavalos e o terrível calor que acabavam de enfrentar, só este minuto teria bastado para matá-los. Os golpes e as esfregadas que lhes havíamos aplicado serviram, não só para salvá-los, mas também para que sentíssemos menos frio.

Rapidamente o calor voltou novamente, os sinistros ruídos silenciaram, sendo substituídos por um surdo zumbido que castigava nossos ouvidos. Uma nuvem de areia nos envolveu, tão densa e espessa que não pude distinguir meus amigos, a quem gritei:

— Abaixem-se! E com as cabeças viradas para o norte, por favor! E segurem-se bem para que a tormenta não os arraste!

O terrível furacão já estava passando por nós com toda a sua fúria. A areia penetrava pelos lugares mais inverossímeis, cobrindo-nos em poucos segundos. Mantínhamos-nos esticados no chão, com a cabeça debaixo das mantas e agarrados ao pescoço de nossos cavalos, permanecendo assim sem nos movermos, e quase asfixiados.

Felizmente, estes fenômenos duram poucos minutos, e logo vão se dissipando. Quando nos levantamos, uma capa de vários centímetros de areia nos cobria quase que por completo, mas a atmosfera estava clara e transparente.

Tanto os animais como nós respirávamos deliciados aquele ar, e ao terminar de nos recompormos, pudemos ver ao sul um estranho espetáculo, mesmo que não conseguíssemos distinguir o céu, apesar do ar estar limpo e claro depois da passagem do furacão.

Aonde o furacão estava passando, estendia-se uma imensa capa de areia, em cujo extremo mais distante flutuava uma arvorezinha seca, quase sem folhas.

Flutuava!

— Uma fada Morgana! — exclamou Emery.

— Sim — confirmei. — Esta é a enganadora miragem da pradaria, que ora precede, ora sucede uma tempestade. Todo o quadro não é mais que um reflexo, com os objetos ao reverso. Estamos vendo o caminho ao sul de nós. Se há alguém do lado oposto, eles nos verão do mesmo modo, ou então nos viram assim antes do furacão. Esta miragem se produz por duas capas de ar de temperaturas e densidade distintas, e dá a seus fenômenos as mais variadas formas.

Durante meio minutos, nós três olhamos aquele fenômeno extasiados, até que adverti a meus amigos:

— Esqueçamos disto: não nos ocupemos mais deste espetáculo que logo desaparecerá e vejamos como estão nossos cavalos. Tudo isto que aconteceu deve tê-los deixado esgotados.

— Meu irmão Mão-de-Ferro tem razão — admitiu Winnetou. — Vamos ver se eles conseguem levantar-se.

Demoramos mais de meia hora para conseguirmos que os pobres animais reagissem, dispensando-lhes todo o cuidado que podíamos dar-lhes. Emery trouxe água do arroio que havíamos atravessado, e obrigamos os cavalos a trotarem pelos arredores, com o objetivo de impedir que suas patas ficassem entorpecidas.

Só então permitimos que eles descansassem e bebessem mais água. Enquanto isto, nos dispusemos a limpar nossas coisas, que estavam cobertas de areia. E ocupados com isto, sentamos para descansar, e ainda que nada disséssemos, nos sentíamos contentes.

Havíamos escapado da morte por um triz.

Um Alegre Despertar

Capítulo Primeiro

De repente, Emery indagou:
— Por que não acampamos junto ao arroio? Cada vez que precisarmos de água, teremos que dar um bom passeio!
— Porque era preferível nos internarmos o mais possível entre o matagal. Quanto mais arbustos pudéssemos ter entre nós e a tempestade, maior nossa probabilidade de escaparmos. Se esta tempestade tivesse nos pego no descampado, certamente estaríamos mortos.

O inglês examinou durante alguns minutos o sítio onde nos encontrávamos, para dizer então:
— Este lugar lhes traz alguma recordação?
— Sim, Emery — respondi. — Aquela árvore que viu, seca e sem galhos, não perdeu sua frondosidade por cauda dos anos, e sim por causa do fogo.
— Como? Uma árvore incendiada na fronteira do Estacado?
— Não foi um incêndio casual, e sim um fogo aceso alegremente pelos comanches, e que foi muito doloroso para nós. Winnetou e eu estávamos voltando de Sierra Guadalupe, e atravessando o aplainado Estacado, tentávamos chegar até o forte Griffith. Ambos conhecíamos bem o deserto e não temíamos nada, e muito menos levando abundantes provisões, como estávamos levando. Mas no meio do caminho encontramos quatro viajantes que vinham do forte Davis, em direção a Dodge.

— Um caminho pouco convencional e perigoso! Nada menos que do rio Grande a Arkansas! Isto são mais ou menos umas seiscentas milhas em linha reta, e a maior parte desta rota cruzando por terrenos desertos. Por que escolheram tão perigosa rota?

— Não conheciam o terreno e quem os havia indicado o caminho conhecia menos ainda. Pude averiguar que se tratava de um considerável negócio, que prometia grandes lucros no caso de concluir-se rapidamente; quer dizer, não tinham muito tempo a perder e, por isso, receberam ordens de seguir em linha reta, ainda que assim tivessem que cruzar toda a planície.

— Quem eram estes incautos?

— Dois jovens comerciantes que não sabiam nada dos selvagens territórios ocidentais. Tomaram por guias caçadores que já haviam estado no deserto, mas que nunca haviam se embrenhado por ele. Assim é que os quatro infelizes caminhavam para a morte certa. Quando os encontramos, estavam estendidos na areia, já quase sem forças para abrir os olhos.

— E seus cavalos? — quis saber Emery.

— Não estavam em melhor estado, como é de se supor. A sorte é que Winnetou conhece as fontes naturais e pudemos ajudá-los. Aconselhamo-os que viessem conosco ao forte Griffith, mas insistiram para que indicássemos o melhor caminho para continuarem em sua jornada. Isto nos fez abandonar nossa rota e seguirmos para o Norte, o que nos causou arrependimento logo logo.

— Por que?

— Winnetou contava com dois mananciais conhecidos, mas o primeiro estava ocupado por um bando de ferozes salteadores. O segundo, para nossa desgraça, encontramos quase seco. Se pensávamos em nos salvar, precisávamos de nossos cavalos, e isto nos obrigava a ceder a eles a pouca água encontrada. Assim prosseguimos caminho com as gargantas secas.

— E tudo isso para ajudar a simples desconhecidos?
— Sim, Emery. Mas não fique assim tão assombrado. Estou certo que teria agido da mesma maneira, porque nós o conhecemos bem.
— E como terminou isto tudo?
— Deixamo-nos levar por nossos cavalos até que eles não agüentaram mais, tendo então que seguirmos a pé. Tivemos, inclusive, que esfaquear os cavalos para bebermos seu sangue, o que nos permitiu continuar por mais três dias, sacrificando um depois do outro. Até que não agüentamos mais, e também ficamos estendidos no chão.
— Horrível! E onde ficaram?
— Não muito distante daqui, a uma hora mais ou menos desta árvore seca que você viu.
— Adivinho o resto: foram surpreendidos pelos comanches, e nem puderam reagir.
— Justamente, Emery. Quando recobramos o sentido estava amarrado junto a Winnetou e os quatro viajantes, rodeados por comanches. Eram uns quatorze ou vinte, e estranhamente, nos deram de beber e comer, mas não por espírito humanitário, mas sim para que ficássemos fortes e pudéssemos sofrer mais prolongadamente o tormento que iriam nos infligir. Queriam queimar-nos vivos naquela árvore.
— Selvagens! Quem era o chefe?
— O famoso Ttascha Mir, ou Mão-Forte, o mais feroz dos caciques comanches. Ataram primeiro os comerciantes nos galhos e puseram fogo. Quando os infelizes morreram, chegou a vez de seus guias. Winnetou e eu tivemos a "honra" de sermos os últimos.
— Deve ter sido um triste espetáculo.
— Sim, amigo; mas se ver era terrível, pior era escutar os angustiados gritos dos pobres. Creio que jamais conseguirei apagar isto da minha memória, e ainda hoje estremeço quando me lembro. Eles nos deixaram sem nada: a espingarda de prata de Winnetou foi para o chefe, como rico butim, e nossos cavalos já tinham novos donos.

— E como conseguiram livrar-se?

— Junto ao chefe índio estava seu filho, um rapaz robusto, que levava em seu cinturão, pendurada, a espingarda de Winnetou. Haviam-nos levado andando até o arroio, perto da árvore, com os pés livres, mas as mãos amarradas atrás das costas. Winnetou, através do olhar, indicou-me a árvore e o arroio. Eu compreendi, e quando nos desamarraram os braços para nos obrigarem a abraçar a árvore, tornando a nos amarrar, entramos em ação, os dois ao mesmo tempo. Ele lançou-se sobre o filho do chefe, arrebatando-lhe do cinturão sua espingarda, enquanto eu por outro lado distribuía socos nos índios em nossa volta. Consegui pegar uma faca, e pouco depois recuperei minha espingarda.

— E então conseguiram escapar!

— Com uns certeiros disparos da espingarda de Winnetou e da minha "mata-ursos", derrubamos os comanches que nos perseguiam, e o resto teve que recuar; isto nos deu tempo de chegarmos até onde estavam os cavalos, e fugir a todo galope. Mas nos seguiram, e assim vingamos os quatro homens brancos que tão cruelmente haviam sacrificado. No primeiro dia caíram quatro, no segundo outros quatro, e no terceiro, três.

— Onze! E quantos restaram?

— Todos mereciam a morte por sua selvageria, mas só conseguimos encontrar outros três, dias depois, perto do rio Canadense, um local que os índios chamam de Vale da Morte e que, realmente, o foi para estes comanches que entraram em luta conosco.

— E o chefe?

— Foi um dos que conseguiram escapar. Dois dias depois demos com ele e com os dois únicos guerreiros que haviam fugido. Eu queria levá-los como prisioneiros mas...

— Eu os fuzilei! — interveio secamente Winnetou.

Emery fitou-me por meio segundo, para então virar o olhar para o apache.

— Enterramos seus cadáveres, e recuperamos tudo que haviam nos tirado — prossegui. Entre suas coisas encontramos as cartas que os comerciantes estavam levando.

— Que aventura! — exclamou Emery.

— Uma aventura que os comanches já conhecem, pois quando voltamos a este sítio, em outra ocasião, o chefe comanche Ttascha Mir tinha uma sepultura de pedras onde os comanches vêm honrar sua memória.

— Bem — exclamou Emery. — Agora compreendo porque conhecem tão bem este sítio. E esta árvore que utilizaram para queimar aos quatro viajantes, também devia morrer pelo fogo.

— Assim foi. Que tal se passássemos a noite aqui? — propus.

— Temos pasto e água bem perto. Podemos fazê-lo — aceitou Winnetou.

Capítulo II

Quando já estávamos convenientemente instalados, decidimos não dormir os três ao mesmo tempo, montando escalas de sentinela, encarregando-me eu da primeira guarda, já que meus amigos estavam muito cansados, precisando dormir para repararem as forças.

Quando acordei Winnetou para que me rendesse, e fui dormir, tive um pesadelo horrível e angustioso: um ser estranho, pequeno e agachado como um macaco, sentava-se sobre o meu peito, rodeando-me o pescoço com seus peludos e repugnantes braços. Não sei por qual razão não podia pedir ajuda e nem quase respirar, e por isso, quando consegui despertar, a primeira coisa que pronunciei foi o nome de meu amigo:

— Winnetou!

— Estou aqui! — tranqüilizou-me sua voz amiga. Estava junto de mim, mas quando tentei me levantar, vi assombrado que não o podia fazer. Só então deime conta de que tinha os braços fortemente amarrados à cintura, assim como as pernas e pés, também amarrados. Tentei pelo menos sentar-me, mas as tentativas resultaram inúteis. Conseguia ver algumas sombras movimentando-se, e o odor de graxa me indicava que ali estavam peles-vermelhas, apesar de não se ouvir nem uma só palavra.

Lembrei-me de meu outro amigo, e chamei:
— Emery?
— Estou aqui! — foi a resposta irritada do inglês. — Caíram sobre mim, como se brotassem da terra. Prenderam meus braços e pernas, apertando tanto a minha garganta que nem pude gritar. Que grande sentinela eu me saí!

Havia reprovação em suas próprias palavras e em seguida, outra voz que não era a sua se fez ouvir, ao ver que havíamos despertado, recuperados dos golpes recebidos:
— Saibam que estão nas mãos do chefe Avat Uh.

Avat Uh quer dizer Flecha Comprida, e era o nome de um chefe índio a quem sua refinada crueldade havia tornado célebre: tratava-se de um dos mais importantes caciques comanches e estando em poder de tal indivíduo, podíamos alimentar poucas esperanças. Nunca havia tido a oportunidade de vê-lo pessoalmente, mas sabia que era jovem e robusto.

Voltei a cabeça na direção da voz e pude distinguir na escuridão da noite um homem sentado, vestido à maneira européia; e nem precisei olhar muito para ali reconhecer Jonathan Melton...

Ao dar-se conta que eu o havia reconhecido, ele sorriu:
— Não vai me cumprimentar, "amigo"?

Nem eu nem meus companheiros respondemos e ele, debochadamente, prosseguiu:

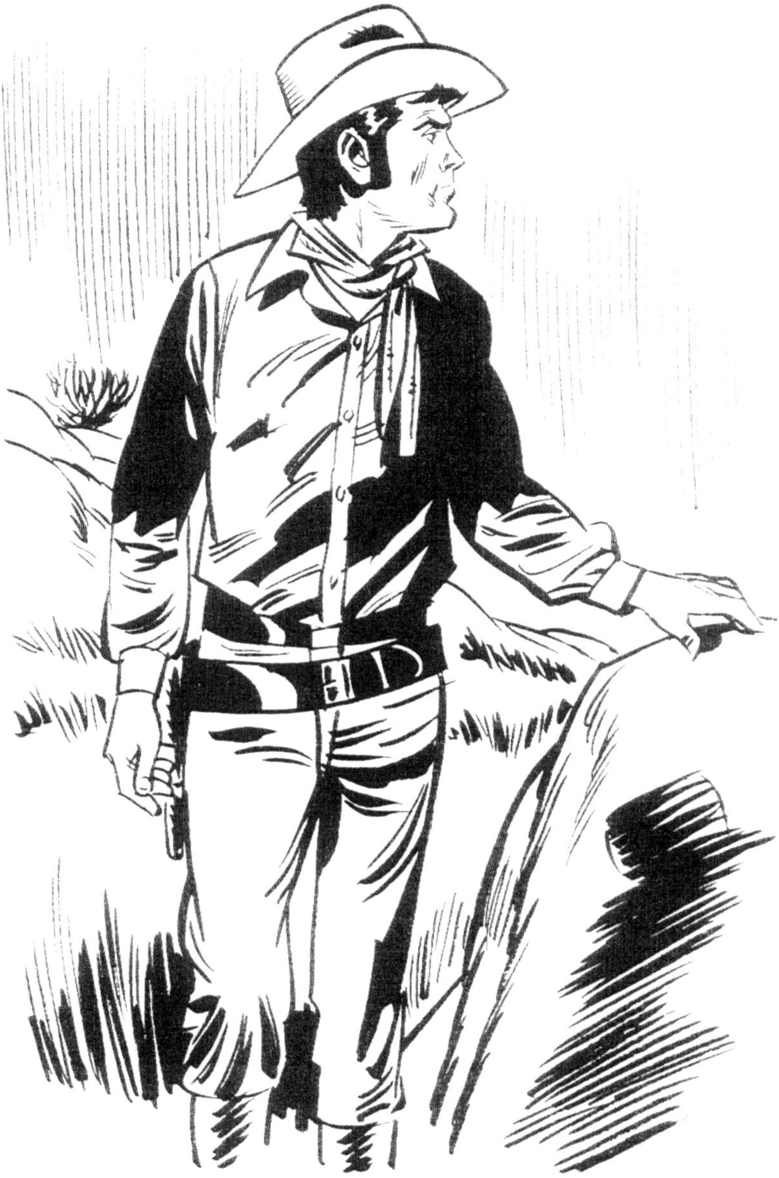

— Naturalmente, desejará saber como chegou a esta atual situação: de caçador a caça, não é mesmo? Pois bem, saiba que sua sentença está decidida. É prisioneiro de Flecha Comprida e você, como um famoso homem do Oeste, já sabe bem quem é o pai deste chefe índio.

Antes que pudesse responder, Emery adiantou-se:

— Não... Não temos o prazer de saber.

— Cale-se, inglês imundo! — resmungou Melton. — Estou perguntando a Mão-de-Ferro, o rei dos caçadores e exploradores do Oeste, se ele sabe que o pai de Flecha Comprida foi Mão Forte, a quem mataram no Vale da Morte, enterrando-o aqui mesmo. Você e seu querido apache Winnetou, que também tomou parte no assassinato, serão enterrados vivos, para que façam companhia aos restos mortais do grande chefe comanche morto.

Eu continuei em silêncio e Melton prosseguiu, tendo prazer em anunciar nossa desgraça:

— Flecha Comprida me prometeu, e você sabe bem que um chefe índio nunca falta com sua palavra. E não esperem que eu diga que sinto muito porque, na verdade, vocês sabem quem sou. E como podem perceber, é para mim muito conveniente que morram!

Fez uma nova pausa, para então acrescentar:

Ah! E alegro-me muito que tenham fracassado com relação à senhora Silverhill! Não sabe como eu ri, quando minha noiva contou-me ter deixado você trancado em sua casa!

Decidi então falar, para ver se conseguia obter alguma informação útil, e no mesmo tom de deboche, respondi:

— Então sua linda Judith disse-lhe que estive trancado naquela casa por muito pouco tempo. Por que decidiram reunir-se, tão antes do local combinado?

— O desejo de tornar a vê-la, naturalmente.

— Não sabia que tinha amigos entre os ferozes comanches — insisti cinicamente, quase insultante.

— Eles nos prenderam também, e sua primeira intenção era nos escalpelar vivos. Mas eu sou muito esperto e tive uma grande idéia. Propus um pacto a Flecha Comprida: minha vida e a de Judith, sem sermos roubados, pela possibilidade de capturar o grande Winnetou e seu famoso amigo, Mão-de-Ferro.

No mesmo instante compreendi que o sanguinário chefe dos comanches devia ter aceito o pacto sem hesitação. Todo mundo sabia do ódio ancestral entre as tribos. Comanches e apaches odeiam-se geração após geração, e além disso, também havia o fato, que havia poucas horas narrara a Emery, de que eu e Winnetou havíamos dado cabo de um dos maiores líderes dos comanches.

Nada tinha a dizer diante daquilo, mas não obstante, repliquei, sem abandonar minha aparente tranqüilidade:

— Pois estou vendo que eles não cumpriram o trato. Você, pelo visto, não está em completa liberdade.

— Primeiro tinha que cumprir o prometido: Judith sabia que vocês a estavam seguindo, e por isto era fácil dizermos que vocês podiam ser capturados. Isso sem contar que depois da tempestade de areia, vimos a Fada Morgana; e isto nos mostrou três cavaleiros, aproximando-se do arroio. Quem podiam ser estes cavaleiros senão vocês? O resto, foi fácil.

— E onde está sua linda prometida, Melton?

— No bosque, vigiada por vários comanches. E agora vou-lhe "rogar" uma coisa, que espero não me negue. Sou aficionado por boas armas, sendo assim, quero que me nomeie "herdeiro" das suas.

— Pelo visto, você adora "herdar" tudo o que não lhe pertence.

— Assim é, e se está se referindo à fortuna daquele estúpido Small Hunter, também me fará o favor de dar-me os documentos que me roubou em Túnis.

— Sinto muito. Para recuperá-los, terá que voltar a Nova Orleães, e procurá-los com o advogado Murphy. Ele, certamente, irá providenciar não só os papéis que tanto quer, como outras coisas mais.

— Não queira bancar o espertinho, amigo! Posso açoitá-lo até a morte se não me der estes papéis.

— Mas eu já lhe disse onde estão.

Ao irritar-se e levantar a voz, ouvimos passos no mesmo instante em que Jonathan Melton se apossava de minhas armas, e uma voz ordenou imperiosamente:

— Alto, cara-pálida! Solte estas armas!

O índio que havia falado adiantou-se, e pudemos vê-lo. As três plumas que levava na cabeça denotavam sua posição de chefe. Já começava a amanhecer e a claridade crescente nos permitia distinguir as duras feições daquele corpulento selvagem, a quem Melton disse polidamente:

— Por que soltá-las? São minhas!

— Não! Você me prometeu estes três homens.

— De acordo. Mas não tudo o que pertence a eles.

— Não se esqueça disto: tudo que é do vencido, pertence ao vencedor. Deixe as armas!

Ao repetir a ordem, o chefe índio sacou sua faca velozmente, fazendo que Melton obedecesse, ainda que irritado:

— Aí estão, mesmo que não lhe pertençam! Vou voltar para a carruagem e prosseguir viagem.

— Espera! Cumprirei minha palavra, mas... Você podia dizer precisamente a hora em que poderíamos capturar os prisioneiros?

— Não... Claro que não.

— Pois eu também não posso dizer quando partirá com sua formosa mulher... Por agora, ficará!

— Ora, um momento! Fizemos um pacto e não sou seu prisioneiro.

Com uma voz poderosa, que não admitia réplica, o chefe índio disse:

— Obedeça sem reclamar! *Auwgh*!

Jonathan Melton havia vivido tempo o bastante no Oeste para saber quando um chefe índio dá a última palavra. Teve que voltar a sentar-se, como uma criança cumprindo castigo. O chefe índio então acrescentou:

— Você prometeu que capturaríamos Winnetou e Mão-de-Ferro. E devo antes saber se são eles realmente.

E plantou-se na frente de Winnetou, contemplando-o com um olhar fixo, perguntando imperiosamente:

— Como se chama?

— Sou Winnetou, o grande chefe de todos os apaches.

— Não vai negar, mesmo sabendo que vai morrer?

— Não!

Voltou-se então para o inglês, indagando com o mesmo tom de voz:

— E você, quem é?

— Sou Emery Bothwell.

— Jamais ouvi pronunciar este nome. Você não nos interessa!

E então ele dirigiu-se a mim:

— É você a quem chamam de Mão-de-Ferro?

— Sim.

— Podia negar, mas não o fez. Por que?

— Não sou nenhum covarde, para ocultar o meu nome.

— Odeia a todos os comanches?

— Não, mas me defendo de qualquer ataque, venha ele de um pele-vermelha ou de um cara-pálida.

— Você, junto com Winnetou... Assassinaram Mão Forte, meu pai!

— Sim, mas não foi assassinato. E Winnetou não teve parte nisso. Foi minha bala que o matou.

— Vejo que quer defender seu amigo, e isso é nobre. Mas ele também estava presente e é tão culpado como você. Será castigado igualmente.

Um raio de esperança cruzou minha mente:

— E... O que será feito do outro homem que nos acompanha?

— Morrerá como vocês, emparedado vivo no túmulo de Mão Forte.

— É essa a justiça dos comanches?

Mas ele já não me fazia caso, e voltando-se para os seus guerreiros, ordenou em sua própria língua:

— Levem os prisioneiros para o bosque, onde estão os cavalos.

Os índios obedeceram prontamente sua ordem: o chefe não tinha mais de trinta anos e todo ele, a expressão, a voz, os trejeitos, denotavam um caráter altivo e orgulhoso.

Tiraram as cordas que prendiam nossas pernas e pés, para que pudéssemos andar. Toda a comitiva pôs-se em marcha. Tratei de contá-los e vi que se tratava de vinte comanches formando aquele grupo.

Estávamos com as mãos bem amarradas nas costas e tiveram que nos ajudar a montar, amarrando então nossos pés aos estribos. Melton também montou e nos dirigimos todos até o Norte, atravessando o limite da pradaria. Calculei que necessitaríamos de duas horas para chegarmos ao lado oposto. Por ali também havia passado o furacão, pois toda a vegetação estava coberta de areia.

Capítulo III

Logo vimos as altas e frondosas árvores que bordejavam a margem sul do rio Canadense, por onde passava a estrada em direção a São Pedro e Albuquerque. Diga-se de passagem que por aquele tempo ainda não era uma estrada propriamente dita, ao menos no sentido europeu daquela palavra. Não havia nada ali que indicasse ser aquilo um caminho, ainda que pudessem passar ali carroças.

Entre as árvores, distingui uma velha carruagem, puxada por seis cavalos. A formosa Judith estava sentada na grama, com ar aborrecido e resignado, levantando-se rapidamente ao nos ver chegar. Dois homens, certamente os condutores do veículo, estavam deitados no chão, e assim permaneceram. Cinco comanches estavam ali vigiando, e calculei que Flecha Comprida tinha trinta homens ali sob o seu comando.

Quando chegamos perto da carruagem, o chefe virou-se então para Melton:

— Você cumpriu sua palavra, e eu cumprirei a minha. Pode ir, está livre.

— Obrigado, Flecha Comprida — disse Melton.

— Mas antes, meus homens irão raspar seu cabelo.

Até nós estranhamos aquilo, e Melton gritou, instintivamente levando as mãos à cabeça:

— Meu cabelo? Mas por que? Por que querem raspar minha cabeça?

— Winnetou e Mão-de-Ferro vão morrer pelo que fizeram com meu pai. Mas são homens diferentes de você, que é um covardezinho qualquer: eles eram prisioneiros dos comanches, como agora, e ainda que amarrados, conseguiram escapar, conseguindo a liberdade com sua própria valentia e esforço. Lutaram com meu pai e seus guerreiros e os venceram. Mas não deixaram o cadáver de meu pai sobre o campo, onde seria devorado por abutres e chacais: sepultaram-no, pondo as armas e o amuleto do morto em cima, para que ele pudesse entrar livremente nos eternos campos de caça. Eles são nossos inimigos, sim... Mas ao mesmo tempo, são famosos guerreiros e homens honrados. Mas você... Você é o que?

Melton ficou confuso, e começou a balbuciar:

— Eu sou... sou...

— Silêncio! Você não é nenhum famoso guerreiro, e sim um ladrãozinho barato.

— Eu, um la... — tentou ainda negar.

— Sim! Escutei tudo que falava com Mão-de-Ferro.

Sei que é um covarde, um impostor. A mim não me importa a lei dos caras-pálidas, e por isso dou-lhe a liberdade, cumprindo minha palavra. Mas para que se diferencie dos outros homens... ordeno que tirem-lhe o escalpo!

Quando vários guerreiros aproximaram-se com suas facas para cumprir a ordem, Melton ainda tentou fugir da terrível humilhação que iria sofrer.

— Quieto! Ou quer perder mais que este bonito cabelo? — perguntou Flecha Comprida.

Um instante depois, o noivo da aterrorizada Judith estava bem seguro por dez robustos guerreiros, enquanto outro comanche arrancava-lhe o escalpo com sua faca afiada. A julgar pelos gritos da vítima, aquilo não devia ser muito agradável mas por fim, terminou e ao soltarem-no, Melton levantou-se correndo e ocultou-se atrás da carruagem, onde Judith já estava.

Para ali então dirigiu-se o olhar de Flecha Comprida, que perguntou à mulher:

— Mentiu ao dizer que o guerreiro Mão-de-Ferro a cortejou?

— Não, não menti — disse a mulher com firmeza, ignorando o que ia dizer-lhe o chefe dos comanches.

— Pois se assim o foi... Por que o rechaçou e preferiu a esta galinha sem penas que agora se oculta covardemente atrás da carruagem? Acaso era sua esposa?

— Não... Não sou sua esposa.

— Pois escute isso: uma donzela índia jamais faria semelhante viagem com um homem que não fosse seu esposo. Claro que já percebi que sua língua é como uma víbora, destilando veneno. Mil mulheres e donzelas aceitariam com orgulho ser a esposa de Mão-de-Ferro ou Winnetou, mas nenhum deles aceitaria uma lagartixa como você para esposa. Vai me confessar a mentira, ao dizer que ele te cortejou?

Nervosa, compreendendo que se mantivesse a mentira, era capaz de também ter o escalpo arrancado, Judith não teve outro remédio, senão admitir:

— Sim, confesso que menti.

— Sua alma se parece com a do homem com quem viaja, e quero que se pareça fisicamente também. Arranquem seu escalpo. E depois, deixem este casal imundo ir para onde quiserem. *Auwgh!*

A sentença fatídica havia soado.

Quando os guerreiros obrigaram Judith a descer da carruagem, para executarem uma sentença que resultaria ainda mais humilhante para ela, uma mulher que sempre havia sido bela, o chefe dos comanches ainda dizia:

— Esta é a justiça de Avat Uh. Os caras-pálidas podem chamar de selvagem, mas o cacique dos comanches sabe muito bem o que faz.

A pobre Judith gritava e esperneava freneticamente, e parecia tão desesperada, que não pude deixar de intervir:

— O chefe dos comanches está se rebaixando ao meter-se com esta mulher. Deixe seu cabelo em paz e que Avat Uh cace cabeleiras que possam se defender.

Altivo, imponente como um deus, ele voltou-se para mim:

— E quem é Mão-de-Ferro para questionar uma ordem de Flecha Comprida? Eu jamais voltei atrás em minhas ordens! Arranquem o escalpo desta víbora!

Suponho que a sentença foi cumprida, porque não o pude saber então. Quando os gritos de Judith cessaram, ela refugiou-se na carruagem, e não consegui vê-la. Foi então que a voz de Jonathan Melton soou, dirigindo-se ao chefe índio:

— Cumprirá também sua palavra Flecha Comprida, matando seus prisioneiros?

— Amanhã serão emparedados. E vá embora com esta mulher!

Os cavalos foram dispostos com a maior rapidez, e os condutores do veículo já saltavam para o coche, para partirem dali o mais depressa possível.

E enquanto Melton afastava-se com Judith, não pude deixar de pensar que o encontro com os comanches também não havia dado bons resultados para ele.

Prisioneiros

Capítulo Primeiro

Os comanches então se prepararam para ir comer, deixando-nos bem amarrados.

Felizmente não nos faltaram alimentos: deram-nos carne, soltando nossas mãos para que pudéssemos comer.

Naturalmente, enquanto estávamos com as mãos desamarradas, a vigilância redobrou. Ao terminarmos, ataram nossas mãos novamente. Observei que Emery, enquanto estava sendo amarrado, fazia um movimento como se estivesse escutando algum rumor longínquo, para dizer-me em alemão, logo depois:

— Reparou no que eu fiz?

— Sim, mas não disse nada, porque temo que possam adiantar sua sentença se acharem que estamos tramando algo.

Um dos guerreiros comanches que montava guarda, gritou então para o chefe:

— Estes caras-pálidas estão falando em uma língua que não compreendo!

De longe, sempre imperiosamente, Flecha Comprida perguntou:

— Diga-me, Mão-de-Ferro, em que língua estava falando.

— No idioma de minha pátria e meu povo — respondi.

— Onde é o país de seus antepassados?

— Muito longe, do outro lado do grande mar.

— Existem canções que falam da morte no seu país?
— Sim — respondi. — Canções e orações para o Grande Manitu.

Levantando a voz para que todos os seus guerreiros pudessem escutá-lo, o chefe dos comanches disse:

— Quando um valente guerreiro vê a morte chegar, deve preparar-se para recebê-la bem. Examine sua consciência e reze no modo do seu país distante, é tudo que lhe peço. Podem falar na língua que quiserem para se dedicarem a isto, pois devemos permitir que salvem seus espíritos. Não os incomodem mais!

Aproveitando a concessão feita por Flecha Comprida, nós três assumimos uma expressão grave e triste, continuando a falar em alemão, como se estivéssemos rezando e nos preocupando com a morte que se aproximava.

— No que estava pensando quando fez aquele gesto? — perguntei a Emery.

— Em uma mágica que já vi fazerem várias vezes. Consiste em fazer que amarrem suas mãos de um determinado jeito, para que você consiga soltar-se sozinho.

— E você sabe como fazer isso?

— Não é muito fácil, mas eu dei um jeito de me amarrarem de um jeito mais próximo o possível do truque. Vamos ver o que eu consigo fazer! Vou ensinar a vocês também.

— Impossível, meu caro Emery. Winnetou sabe apenas algumas palavras em alemão, e se eu for explicar a ele em inglês, os comanches vão entender que estamos tentando escapar. E se este terrível Flecha Comprida souber disso...

— Tem razão.

— E de mais a mais Emery, se somente um tentar realizar o truque, temos mais chances de passarmos desapercebidos, sem levantarmos suspeita. Acho que somente você deve tentar o truque.

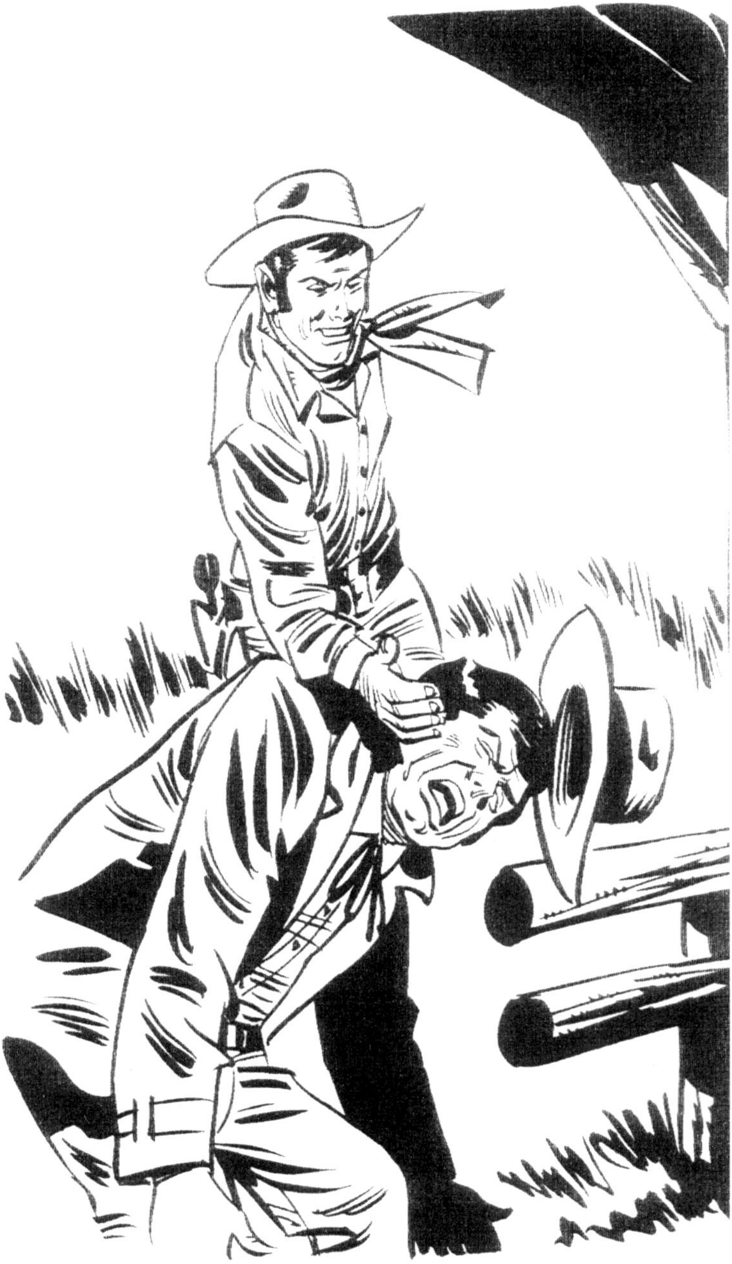

— Tudo bem... mas e vocês?

— Acho que uma faca resolveria a situação.

— Eu tenho no meu bolso uma pequena lixa de unhas. É tão pequena que nem a notaram quando me revistaram.

— Pois então tente fazer o truque, Emery, e nos solte com esta lixa.

Dentro em pouco nos ataram nos cavalos, para nos conduzir ao Vale da Morte. Era o local que tinham escolhido para o nosso sacrifício, e para não perdermos a calma nem a esperança, preferi deixar de pensar nisso, fixando-me nos cavalos que montavam aquele grupo de comanches. Eram animais realmente soberbos, sobretudo o do chefe dos comanches. Atravessamos o rio Canadense por um vau que deviam conhecer bem, rumando para o norte até chegarem à margem esquerda. Junto ao rio, abundavam árvores e grama fresca, mas enquanto nos afastávamos, a vegetação ia escasseando até desaparecer.

Tenho que dizer que o Vale da Morte deve seu nome à aridez da região, sendo que viver ali é quase que impossível. Tempos atrás, Mão Forte refugiou-se naquela região para livrar-se de Winnetou e de mim, pensando que não nos atreveríamos a nos internar pelo deserto.

Mas, como já se sabe, ele estava enganado, e seu erro resultou-lhe fatal.

Agora voltávamos para o Vale da Morte, que tem a forma e o aspecto de uma cratera de vulcão apagado. Suas paredes são formadas por rochas quase que verticais, e há somente um caminho pelo qual se pode chegar, a cavalo, até o fundo do vale. É possível que existam outros caminhos de acesso, a pé, mas nós não os conhecíamos. O solo do vale formava um círculo cujo contorno pode-se percorrer em meia-hora, mais ou menos. Ao norte brotava um pequeno manancial, mas a água tinha sabor acre e desaparecia de vez em quando, caprichosamente.

Paramos por volta do meio-dia, recebendo outra ração de carne seca. Pensei que era hora de tentar o truque explicado por Emery, e quando o índio afastou-se dele, perguntei em alemão:

— Conseguiu Emery?

— Sim! O índio conferiu duas vezes para ver se eu estava bem amarrado, mas consegui que me amarrasse como desejava! Acho que conseguirei soltar-me...

— Perfeito. Esta pode ser nossa salvação! Deus lhe ajude, Emery!

Capítulo II

Obrigaram-nos novamente a cavalgar, com Winnetou entre Emery e eu, talvez por considerarem o apache o mais perigoso de nós três. Entre o inglês e eu, empregando ambos os idiomas para sermos entendidos, pouco a pouco e com muita paciência, murmurando uma palavra, ora outra, acabamos por colocar Winnetou a par de nossos planos.

O rosto do apache continuou tão impassível como sempre, ainda que, pelo seu olhar, percebi que havia entendido o que pretendíamos. Mas ele murmurou:

— Venha em boa hora a liberdade. Mas não sem a minha espingarda de prata.

— Também não quero ficar sem minhas armas — disse em alemão, para que Emery entendesse. — Mas se não tivermos escolha...

— O mais importante é nos salvarmos — disse Emery, nervosamente.

Não pudemos continuar conversando, para não despertarmos a desconfiança dos comanches que nos vigiavam. Pouco antes do amanhecer, chegamos próximo ao vale e, em fila indiana, um atrás do outro, descemos pela íngreme e estreita passagem, lentamente, até chegarmos ao fundo, como se nossa comitiva fosse um enterro.

Na realidade, os comanches deviam pensar que era isso realmente, já que tinham a idéia de enterrar-nos vivos na tumba de seu grande chefe.

Ao chegarmos ao fundo do pequeno vale, nos encaminhamos para o pequeno manancial que brotava entre as pedras, e ali desmontamos, dando de comer aos cansados cavalos, para só então os guerreiros matarem sua sede, esquecendo-se de nós.

Examinei cuidadosamente o local, tentando localizar o lugar onde estava enterrado Mão Forte, recordando que a fenda entre aquelas rochas não era muito grande, e estava situada justamente onde a parede rochosa era mais perpendicular. A base da fenda tinha uns seis pés de largura, diminuindo rapidamente. Mas naquele local ainda conservava uma largura considerável.

Como não era possível cobri-la em toda sua longitude, o ar devia penetrar livremente pela greta e pensei que, no caso de chegarmos a ser emparedados ali, poderíamos morrer de fome e sede, mas não de asfixia. A pedra com a qual haviam tampado a base da sepultura era, em sua parte baixa, mais larga que a greta, e sua altura não passaria de três metros. Também calculei que, embora pesasse muito, não seria o suficiente para reter três homens fortes dentro daquele recinto. Tudo isto fui observando e pensando enquanto os índios nos conduziam à tumba, vendo que necessitavam dos guerreiros mais fortes para retirar a pedra. Quando o tétrico sepulcro ficou aberto, o chefe adiantou-se e disse, solenemente:

— Aqui jaz Ttascha Mir, o grande chefe dos comanches! Sua alma vaga pelos eternos campos de caça dos índios, esperando até hoje a alma dos seus assassinos, que devem servi-lo eternamente. Que seu espírito volte ao mundo, para ouvir o que seu filho vingador tem a dizer!

Sempre com seu ar altivo, e naquele momento, solene, Flecha Comprida esperou alguns minutos, quem sabe para dar tempo ao espírito do pai para que acudisse ao seu chamado, nos longínquos campos eternos. Só então ele prosseguiu:

— Mão Forte foi perseguido e morto por Winnetou e Mão-de-Ferro. Esses dois guerreiros agora estão em meu poder e pagarão com sua vida a morte que deram ao grande chefe dos comanches. Morrerão pouco a pouco, sem ferimentos, para que o defunto tenha robustos servidores.

Depois daquelas palavras, que pareciam uma oração ou uma sentença, os índios voltaram-se para o manancial, instalando-se e acendendo fogueiras, enquanto dois guerreiros nos obrigavam a entrar em uma pequena cova mais afastada. Os dois comanches ficaram em frente da única abertura pela qual podia-se entrar e sair dali, e Emery protestou, ao ficarmos sós:

— Estamos perdidos! Daqui nos levarão direto para o interior da tumba!

— Não se queixe, Emery! É melhor que tenham nos colocado aqui — tranqüilizei-o.

— Melhor? — resmungou, mal-humorado. — Não poderiam ter tido idéia pior. Estamos encerrados aqui, e assim ficará mais difícil ainda de escaparmos.

— Espere a noite cair e você verá. Então os sentinelas não poderão nos ver e poderá soltar-se das amarras. E então, poderá ajudar-nos a nos livrarmos também das nossas, com mais tranqüilidade do que se houvessem nos deixado junto ao manancial, com todos eles nos vigiando. Compreende?

— Bom, eu... Tem razão! Não havia pensado nisso!

Como não tínhamos mais nada a fazer, estendemonos no chão pedregoso daquela estreita caverna, decidindo que o melhor a fazer era descansarmos, para repormos o máximo de nossas forças. O que nos esperava, ia requerer todo nosso valor e energia.

Capítulo III

De onde estávamos, podíamos ver como os sentinelas eram rendidos a cada duas horas. E ao cair da noite, eles trouxeram-nos alguma comida.

Carne e um pouco de água, desta vez. E, para não nos desamarrarem, o próprio índio tratava de ir metendo a carne em nossa boca, o que quase me fez cometer um ato de desatino, por conta da grosseria e estupidez daquele comanche.

Refreei minha vontade, sabendo que era o melhor a ser feito. Se eles resolvessem nos desamarrar, sabe-se lá se Emery iria conseguir fazer com que o índio o amarrasse novamente de uma forma favorável à realização de seu truque? O melhor era não botarmos tudo a perder.

Os peles-vermelhas, contrariando o costume de sua raça, tardaram a recolher-se aquela noite, ou então nossa natural impaciência nos fez pensar assim. Mas o caso é que escutamos vozes até quase a meia-noite, até que por fim tudo ficou no mais completo silêncio, e supus estarem todos dormindo.

Todos, exceto os dois sentinelas diante de nossa caverna, que permaneciam sentados diante de uma pequena fogueira. De onde estavam não podiam nos escutar se falássemos sussurrado, e assim o fiz, anunciando aos meus companheiros o plano que tínhamos traçado durante o dia:

— Fugiremos a pé, mas não vamos longe. Aliás, nem sequer vamos sair do vale.

— Como? — perguntou Emery, alarmado.

— Trata-se, antes de tudo, de recuperarmos nossas

armas — insisti. — Se sairmos daqui, nunca mais vamos tê-las de volta. Ficaremos, pois, esperando a melhor oportunidade de recuperá-las.

— Ah, é mesmo? — tornou a irritar-se o temperamental Emery. — E como é possível ficarmos escondidos aqui sem que nos encontrem?

— Ficaremos escondidos na tumba do chefe.

— Isso é uma idéia temerária! Entrarmos ali para que eles não tenham mais o que fazer senão repor a pedra no lugar, e nos encarcerar vivos! Recuso-me a fazer isto!

— Pense bem, Emery: não temos outra escolha e não é tão perigoso assim como está pensando! Seria muito pior se nos arriscássemos a fugir pela planície. Não demoraríamos a ter os comanches nos perseguindo, e sem cavalos, não iríamos longe.

— Não poderíamos esgueirar-nos e recuperar armas e cavalos em silêncio?

— Isso, sim, é muito mais perigoso. Certamente seríamos descobertos, mesmo se deixarmos os sentinelas desacordados por um bom tempo. Quem nos garante que todos os comanches estão realmente dormindo?

Saindo de seu mutismo, Winnetou aconselhou-nos, prudentemente, que deixássemos de lado a discussão:

— Primeiro vamos ver se vamos conseguir soltar as amarras. Então, e só então, veremos o que vamos fazer!

— Silêncio! — adverti. — Eles estão fazendo a troca de turno!

A Fuga

Capítulo Primeiro

Nossos guardiões levantaram-se para ceder lugar diante do fogo aos seus companheiros que, antes de sentarem-se, entraram para verificar se estávamos realmente bem amarrados.

Fingimos estar dormindo e não nos movemos até vê-los sair. Assim passou-se um quarto de hora, no qual Emery ocupou-se em tentar realizar o truque que havia aprendido. E por fim, num sussurro satisfeito, ele disse:
— Consegui!

Minutos depois, desta vez tendo a ajuda de sua pequena lixa, libertava a mim e a Winnetou. Estávamos doloridos por conta da posição forçada, e tivemos que esfregar os pulsos para que a circulação voltasse normalmente. Esticamos as pernas e só então resolvemos sair da caverna.

Para nossa sorte, o interior da caverna estava muito mais escuro que o exterior, como era o lógico. Avançamos de joelhos, silenciosamente, até onde estavam os sentinelas. Sabíamos que teríamos que silenciá-los firme e rapidamente, para que não pudessem soltar nenhum grito de alerta, e também que não podíamos fazer nenhum ruído que pudesse nos denunciar.

Para conseguir isto, teríamos que agir os três ao mesmo tempo, para que o golpe audaz tivesse êxito.

Quando já estávamos quase saindo da caverna, Winnetou me cutucou, dando-me o sinal para que agíssemos. Adiantei-me rapidamente, todos os meus músculos tencionados e, um segundo depois, tinha a garganta de um dos sentinelas entre as minhas mãos, enquanto Winnetou dava cabo do outro. Emery ficara de sobreaviso, para o caso de um de nós dois falharmos, o que acabou por não acontecer.

Os dois guerreiros comanches dobraram-se ante a pressão de nossos braços, sem que deixássemos escapar o menor ruído de suas gargantas. E tomando cuidado para que os pesados corpos não caíssem sobre as brasas, nos livramos dos sentinelas.

A primeira parte de nossa fuga estava realizada. Aqueles dois índios não tinham outras armas além de suas facas e lanças, e nós as recolhemos para termos algo com que nos defender, no caso de sermos descobertos. Emery tratou de amordaçar e amarrar bem os índios com as mesmas cordas que haviam utilizado para nos prenderem.

Winnetou sussurrou:

— Meus irmãos esperem aqui. Winnetou irá até o manancial, para saber como deveremos agir.

E afastou-se, arrastando-se pelo chão como uma cobra, com a destreza característica dos de sua raça. Para nossa surpresa, ele não demorou muito para regressar, informando-nos:

— Impossível pensarmos em cavalos ou armas. Os animais estão bem vigiados e nossas coisas estão junto ao chefe. Pelo visto, a alegria em vingar seu pai o priva do sono. Está bem acordado.

Não tínhamos escolha e decidimos arrastar-nos até ganharmos a distância necessária para ficarmos de pé. Havíamos chegado à tumba e afastamos a pedra o suficiente para podermos entrar no interior da sepultura, tendo que utilizar toda a nossa força para o conseguir. Foi difícil voltar a colocar a pedra na mesma posição, mas o nervosismo aumentou nossa força, e acabamos por conseguir.

Foi então que comprovamos que a caverna que formava a greta entre as rochas era bem profunda, mas muito baixa para nossa altura. Na parte do fundo estavam os restos mortais de Mão Forte, e tivemos que ficar bem juntos, para não tocarmos nos ossos que haviam pertencido a um de nossos maiores inimigos. Por sorte, o ar que entrava impedia que notássemos o nauseabundo odor de um lugar como aquele, dedicado a conservar os restos de um cadáver. E assim, com grande ansiedade e somente duas facas e duas lanças indígenas, esperamos a luz do novo dia, que devia ser decisivo para nós. Claro que estávamos dispostos a lutar por nossas vidas com aquelas armas rudimentares, mas estávamos cientes de que, se nos descobrissem ali, pouca valia elas nos teriam.

Estávamos, praticamente, numa ratoeira...

Capítulo II

O tempo passava e eu continuava sentado junto à pedra, para olhar para o exterior através de uma estreita abertura entre as paredes da rocha. Vi que o dia começava a raiar, e fiquei ainda mais impaciente.

De repente, um grito agudo ecoou no vale, e eu o reconheci imediatamente: era o grito que os apaches lançavam quando queriam advertir aos seus de algum perigo.

— Aí está! — anunciei aos meus companheiros, que também tinham escutado o sinal de alerta.

Cada minuto que passava aumentava a claridade do dia, e olhei ainda mais atentamente. De onde estava, podia enxergar um bom pedaço do vale, e consegui ver o chefe dos apaches gesticulando freneticamente e gritando diante da pequena caverna que nos havia servido de cárcere. Uma terrível confusão reinava e a gritaria no acampamento era intensa. Não conseguia distinguir bem o que eles diziam!

Mas vi que o chefe ordenava desamarrarem os sentinelas, e os interrogava com gestos irados, sem obter os resultados que esperava. Os peles-vermelhas olhavam em todas as direções, irritadíssimos ao não descobrirem nem um indício de nossa presença, ou por onde havíamos escapado.

Em resposta a outros gritos do chefe, muitos deles pegaram suas armas e montaram, percorrendo o vale em nossa busca. Notei também que nem todos abandonaram o vale: dois guerreiros ficaram com Flecha Comprida, e vi que eram precisamente os dois sentinelas que havíamos surpreendido. Se eles estavam cumprindo castigo ou recobrando as forças, não podia saber. O que pude perceber facilmente era que o chefe estava irritado com eles, a julgar por seus gestos nada amistosos.

Emery aproximou-se para dar uma olhada também:

— Sem dúvida estarão procurando nossas pegadas na planície. Devem ter se dividido em vários grupos e talvez...

Interrompeu-se para mostrar-me:

— Olhe! Um deles regressou e está falando com o chefe!

Realmente: o índio parecia estar informando algo ao chefe e Flecha Comprida, com um gesto imperioso, pediu o seu cavalo, montando e desaparecendo do ângulo de nossa visão, seguido por seus homens, o que fez Emery dizer:

— Vamos sair agora!

— Calma, Emery: ainda não é prudente fazer isto! Vamos dar um tempo, pelo menos para que eles cheguem ao alto do vale, e não possam ver o que está se passando aqui.

Minutos depois, começamos a empurrar a pesada pedra que cobria o túmulo, empregando todas as nossas forças, para então abandonarmos aquele local terrível, que cheirava a morte.

Emery, sempre impulsivo, quis correr ao acampamento dos índios, para recuperarmos nossas armas e tudo o que nos pertencia, mas Winnetou segurou-o, advertindo-o:

— Não tenha pressa, meu irmão branco. Devemos colocar esta pedra no lugar, porque o chefe, se olhar lá de cima e ver o sepulcro de seu pai aberto, virá com todos os seus guerreiros, botando por água abaixo nosso plano. Não se esqueça que o vale tem somente uma saída, e se eles a ocuparem, não teremos escapatória.

Uma vez feito o que o apache havia dito, corremos até o acampamento que os índios haviam abandonado, pegando tudo o que nos pertencia. Nada estava faltando e confesso ter experimentado uma enorme alegria e segurança ao recuperar meus rifles e munições. O mesmo deve ter sentido Winnetou ao pegar seu rifle de prata, isso sem contar que Emery, ao ver-se novamente armado, exclamou resoluto:

— Que venham, se quiserem! Temos chumbo o suficiente para cada um destes selvagens!

Dentro em pouco estávamos subindo a encosta íngreme, com toda a precaução possível, sabendo que o chefe não tardaria a regressar ao vale, provavelmente acompanhado de algum de seus guerreiros. Por isso saímos do vale lentamente, correndo de pedra em pedra para nos escondermos detrás delas, e não sermos descobertos facilmente.

Já estávamos quase no topo, quando um barulho de cascos nos alertou. Winnetou ia na frente, e fez um gesto com as mãos para que nos abaixássemos. Minutos depois o apache deslizava até nós, informando:

— O chefe voltou.
— Sozinho?
— Sim.

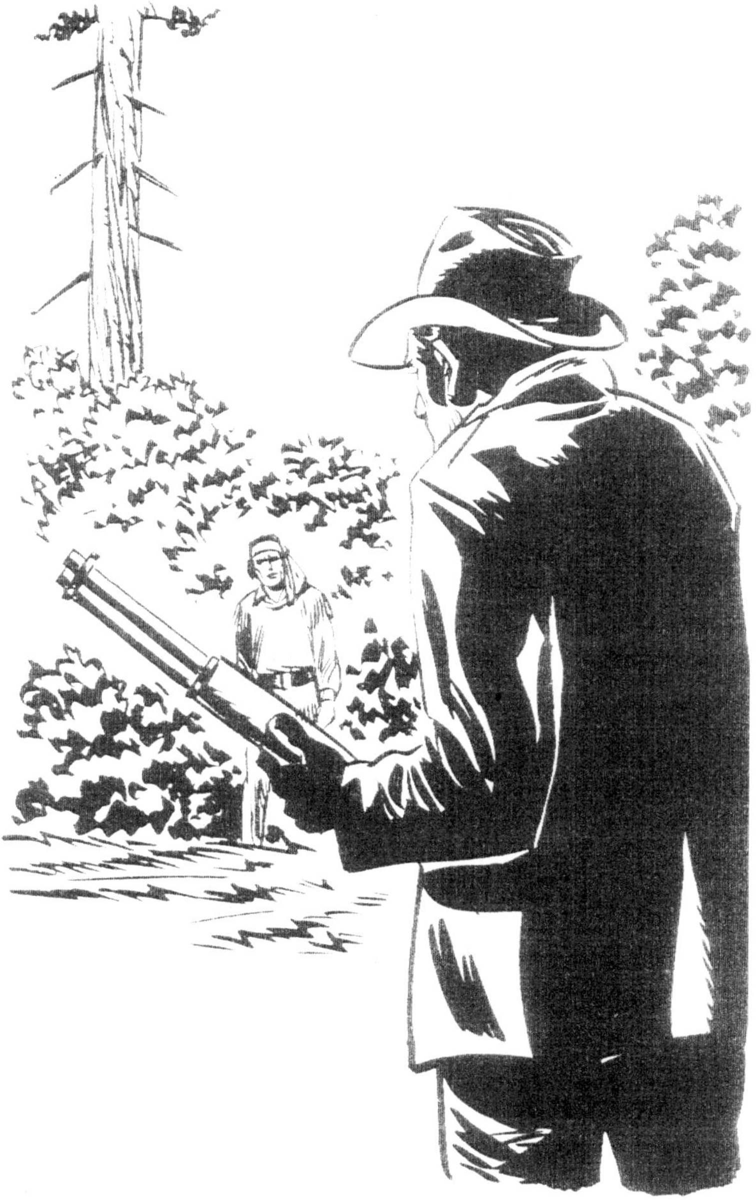

O ruído dos cascos de cavalo fez-se mais intenso, e a silhueta de Flecha Comprida recortou-se no céu acima de nós. Então Emery compreendeu que se tivéssemos deixado o sepulcro aberto, certamente o chefe perceberia que não tínhamos deixado o vale.

Tivemos um instante de hesitação ao vermos que o chefe dos comanches começava a descer. Em poucos minutos chegaria até onde estávamos, e sem poder conter o nervosismo, Emery perguntou:

— O que iremos fazer?

A voz de Winnetou soou serena como sempre:

— Vamos capturá-lo.

Capítulo III

O meio que Winnetou utilizou para vencer Flecha Comprida foi o mais primitivo, mas o mais eficaz naquelas circunstâncias.

Deixou-o avançar até onde estávamos e então, arremessou uma pedra com enorme força, fazendo Flecha Comprida cair ao solo como um saco de batatas.

Corremos então em sua direção, e Emery segurou o cavalo pelas rédeas, tratando de acalmá-lo. Enquanto isso, eu amarrava nosso prisioneiro, enquanto o apache entrava novamente em ação, ordenando-nos:

— Esperem aqui com ele, meus irmãos. Vou ver se estão regressando mais comanches.

Enquanto ele se afastava, Flecha Comprida começou a recuperar-se do golpe e, ao abrir os olhos e ver uma faca apoiada em sua garganta, bufou furiosamente:

— Raposas astutas! Estou em seu poder! Pensam em matar-me?

— Você sonhava em nos dar uma morte lenta e horrível. O que pode esperar?

— A morte! Enfie esta faca em meu coração e termine isto de uma vez! Nem uma só palavra sairá de meus lábios!

— Eu sei, mas evite que isso aconteça logo, mantendo-se calado. Ainda que não mereça, nem eu, nem Winnetou ou Emery, estamos sedentos pelo seu sangue. Eu quero que saiba que não teríamos matado seu pai, se ele não tivesse sacrificado tão cruelmente os inocentes caras-pálidas que estavam conosco, e nada tinham feito de errado.

— Mão-de-Ferro vai poupar a vida do chefe dos comanches? — perguntou ele, perplexo.

— Sim. Vou só deixá-lo aqui, bem amarrado, para que seus guerreiros o resgatem.

Emery ajudou-me a amarrar o prisioneiro, utilizando as tiras de couro que o próprio chefe comanche trazia em seu cavalo. Tive que rasgar um pedaço da minha camisa para fazer-lhe uma mordaça. Winnetou já estava de volta ao terminarmos esta tarefa, e cara-a-cara com seu mortal inimigo, disse:

— Você é o culpado de tudo que está acontecendo. Permitiu que escapassem o homem e a mulher que estamos perseguindo, dificultando a perseguição e nos fazendo perder um tempo precioso. Poderia matá-lo e deixá-lo junto ao sepulcro de seu pai, mas já percebeu que não queremos sua vida. Só tomarei seu cavalo, em troca do meu. Mas procure não tornar a cruzar o caminho de Winnetou. O chefe dos apaches não perdoa duas vezes.

De um salto montou no soberbo cavalo de Flecha Comprida, que devido ao fato de estar amordaçado, não podia dizer nada, muito menos protestar.

— Sigam-me, irmãos! Vão encontrar boas montarias logo ali em cima — indicou-nos Winnetou.

Não era tempo para se discutir, e nós o seguimos imediatamente.

O Encontro

Capítulo Primeiro

Enquanto seguíamos Winnetou, não podia deixar de perguntar-me interiormente como íamos encontrar cavalos para mim e para Emery.

Podia perguntar ao apache, mas não o fiz, consciente de que quando Winnetou prometia uma coisa, era porque já tinha um plano traçado para realizá-lo. Com efeito, quando chegamos lá em cima, pude ver que os guerreiros comanches haviam agido com uma falta de cautela extraordinária: estavam procurando nossos rastros divididos em pequenos grupos, muitos deles a pé, inclinados sobre o terreno para poderem localizar alguma pista que indicasse os nossos passos.

Como os cavalos, para este tipo de investigação, são um estorvo, haviam-nos reunido em um local, vigiado por um único homem. O lugar não estava distante de onde estávamos, e pude ver que o guarda estava sentado no chão, com o rosto voltado para o lado oposto ao qual nós nos aproximávamos.

Winnetou considerou o fato do vigia escutar os ruídos dos cascos do cavalo e desmontou, entregando o animal a Emery, enquanto nos advertia:

— Eu cuidarei deste sentinela: meus irmãos aproximem-se com cuidado, e escolham os dois melhores cavalos que encontrarem.

Eu levava a espingarda pronta para disparar, dando cobertura ao apache que levava uma faca entre os dentes. Mas Winnetou não teve que utilizar sua arma, e nem sequer seus punhos. Ao voltar-se para trás, o sentinela viu-me com minha espingarda, e correu a reunir-se com seus companheiros.

Aquilo podia constituir um sério contratempo, se ele gritasse alertando seus companheiros. Como já não podíamos evitar isto, e o tempo urgia, com o campo livre eu e Emery escolhemos os dois melhores cavalos que pudemos encontrar ali. Os alaridos do índio fugitivo chegavam já aos nossos ouvidos, trazidos pelo vento; mas já então nós três galopávamos em direção ao sul, na rota para Albuquerque.

Se o grupo de comanches nos perseguiu ou não, é algo que até hoje não sei. Possivelmente regressaram antes ao vale para avisarem ao seu chefe, e isto os fez perder tempo. O certo é que, ao quarto dia daquela marcha desenfreada, só parando para descansarmos umas poucas horas e nos alimentarmos enquanto os cavalos pastavam, não deram sinais de vida, e nos consideramos em liberdade.

Claro que, quatro dias cavalgando não se podem resumir em umas poucas linhas, mas como nada digno de nota nos ocorreu, faço o favor de poupar ao leitor estes detalhes, dizendo-lhes que chegamos finalmente a Albuquerque.

Naquele tempo, a cidade dividia-se em duas partes, completamente distintas entre si: a antiga cidade espanhola fundada pelo vice-rei do México, e a moderna, feita pelos americanos. Um largo espaço sem construção alguma dividia estes dois setores da povoação, conservando o espanhol toda a sua pureza que, precisamente por isto, contrastava ainda mais com os americanos.

A respeito da parte moderna direi que Albuquerque era muito semelhante a outras cidades americanas: ruas e becos pessimamente calçados, com calçadas de madeira para os transeuntes, casas de tábua, lojas de todos os tipos e estabelecimentos vendendo bebidas, como podiam ser encontrados em todos os rincões do enorme Oeste.

Albuquerque situa-se na margem esquerda do rio Grande do Norte, levantando-se na margem oposta a aldeia que levava o nome de Atrisco, rústica e de casas de tijolo, freqüentada por gente de todas as espécies, na sua maioria sem serviço e aventureira.

Nós nos instalamos em um hotel que de hotel mesmo, só tinha o nome. Depois de descansar um pouco, Emery foi tentar informar-se de algo sobre Melton e Judith. Sabíamos que Judith pretendia encontrar-se com o falso Small Hunter em Albuquerque, na casa de um tal Plener. E como Emery era quem eles menos conheciam, coube ao famoso explorador tentar descobrir se eles haviam alterado o plano, já que haviam se encontrado bem antes de Albuquerque. De qualquer forma, ele foi verificar se achava algum rastro dos dois.

Regressou pouco depois, sem nenhuma notícia de Melton ou sua formosa acompanhante, e enquanto jantávamos, o prestativo camareiro nos informou:

— Se querem ouvir a Espanhola cantar, direi onde podem escutá-la.

— A Espanhola? — indaguei, sem muita animação.

— Sim, senhor; é uma cantora que está enlouquecendo toda Albuquerque. Veio para cantar somente uma noite, mas obteve um sucesso clamoroso, e por isso decidiu ficar mais uns dias. Creio que hoje irá cantar pela última vez.

Olhei para Winnetou e Emery que comiam com grande apetite, e pela expressão de seus rostos, disse ao camareiro:

— Obrigada, bom homem, mas estamos cansados e preferimos ir dormir. Para nós não é nenhuma novidade ouvir uma espanhola cantar.

— Mas esta é muito diferente, senhor! Digo-lhe que é um caso excepcional! Charmosa, bonita, elegante... E mesmo sendo espanhola, canta maravilhosamente bem canções inglesas e alemãs.

— Ora, isso é realmente raro. Como ela se chama?

— Pájaro... Maria Pájaro. Seu irmão Francisco a acompanha tocando violino. E toca como um anjo, acreditem-me!

Ao ouvir tais nomes, minha curiosidade despertou, e tive um dos meus pressentimentos. Pájaro (Pássaro) em alemão é Vogel, e meus bons amigos Maria e Franz tinham o sobrenome Vogel, que ela havia trocado pelo nome de casada ao mudar-se para a América. Isso me fez ter um súbito interesse pelo espetáculo, e perguntei então ao camareiro, que nos informou o local do concerto, dizendo brincalhão:

— Certamente não haverá nem mais uma só entrada. O preço é de um dólar na bilheteria, mas se me pagarem dois dólares por cada bilhete, conseguirei os três ingressos.

E encolhendo os ombros disse:

— Tem-se que sobreviver, senhores!

Sim: aquele espertalhão tinha que viver e nós tínhamos que ver e ouvir cantar a "espanhola" Maria Pájaro, acompanhada pelo seu irmão Francisco no violino. O coração me dizia tratar-se de meus amigos e compatriotas, os quais eram os legítimos herdeiros de seu tio Hunter, já que o seu primo Small Hunter havia sido cruelmente assassinado por Thomas Melton, em Túnis.

Assim que o camareiro afastou-se para servir outra mesa, pus meus companheiros a par do que estava pensando, estando os dois de acordo que devíamos ir assistir o espetáculo da Espanhola.

Quando o camareiro voltou, trouxe-nos os três ingressos, recebendo o dobro do valor, como tinha pedido. E informou-nos que faltava só meia hora para começar o recital.

Assim é que, pouco depois saíamos do hotel para assistir ao espetáculo, e ao chegarmos no local, vimos que ali já se aglomerava uma pequena multidão querendo entrar.

Pelo visto, aquele era realmente o melhor espetáculo que havia em toda a Albuquerque.

Capítulo II

O local do espetáculo tinha capacidade para umas seiscentas pessoas. Quando entramos, já estava ocupado quase que em sua totalidade, sobrando apenas algumas cadeiras ao fundo, nas quais nos sentamos.

Dali vimos uma pequena plataforma, onde estava instalado um piano de cauda, e uma cortina, que dentro em pouco se abriu, surgindo um homem, entre salvas de palmas.

Com efeito: era Franz Vogel e sua irmã Maria, meus caros amigos alemães que se dispunham a enfrentar aquele público ansioso por seu virtuosismo e arte. Franz saudou o público, trazendo o violino em uma das mãos. E quando Maria começou a cantar, vi que não havia perdido nada de seu enorme talento.

Confesso que, apesar da perfeição do canto e da execução do violino, senti uma pena enorme.

Uma pena profunda e triste, ao constatar que, devido às circunstâncias , eles se viam obrigados a ganhar a vida daquela maneira que, se não era desonrosa, em nada se parecia com os primeiros anos de milionários que haviam vivenciado na América, por conta do casamento de Maria com o rei do petróleo, Conrado Werner.

Maria estava sentada ao piano, e enquanto cantava eu admirava seu perfil, dando-me conta de que os anos pareciam não lhe ter causado efeito algum, estando ela ainda mais linda do que nunca. Não obstante, notei que as atribulações dos últimos tempos haviam imprimido em sua bela feição, um tom de melancolia, que no entanto só a tornava mais interessante.

A primeira peça terminou, estando eu ocupado nestas meditações, e Maria iniciou então uma bela canção espanhola, de uma forma tão delicada e admirável que, acompanhada por seu irmão, teve que repetir, tamanha a ovação que recebeu. Extasiado com sua delicada figura e sua voz maravilhosa, vi que ela não precisava de luxos e adornos para realçar sua beleza natural, bastando-lhe o simples vestido negro que levava, e uma rosa vermelha como único adorno em seu cabelo.

Uni-me ardorosamente aos aplausos quando ela terminou, e observando-me com um sorriso divertido, Winnetou murmurou:

— Não quer meu irmão Mão-de-Ferro ir saudar esta bela mulher e seu irmão?

— Desejo isto com toda a minha alma, Winnetou — exclamei sinceramente.

— Pois o camareiro nos disse que hoje era a última apresentação da Espanhola — ressaltou Emery.

— Não abandonarão a cidade sem saber que estamos aqui — disse. — Agora mesmo vou lá cumprimentá-los.

Levantei-me rapidamente para ir até o palco, e ao atravessar o corredor, atraí muitos olhares para mim.

E logo chegou a meus ouvidos um grito saído do meio do público:

— Mil diabos! Este é Mão-de-Ferro!

Olhei rapidamente para a direção de onde a voz havia partido, e vi muitos espectadores sentados. Foi então que fixei-me sobre dois homens que tinham os chapéus enterrados na cabeça, tentando ocultar os rostos, que mantinham firmemente virados para o outro lado. Como não podia aproximar-me deles, tive que seguir meu caminho.

Consegui finalmente aproximar-me do palco, quando as cortinas já tinham baixado. Então roguei ao homem que parecia ser o encarregado do lugar:

— Permite-me saudar meus bons amigos?

Ao ouvir minha voz, Franz Vogel a reconheceu, e levantou a cortina, vindo em minha direção com a alegria estampada no rosto, exclamando:

— Como? O senhor por aqui, meu amigo!

Pouco depois, enquanto Franz e eu estávamos ainda apertando as mãos, a voz doce de Maria soou às minhas costas:

— Senhor Karl! Que imensa alegria tornar a vê-lo!

Estendi minha mão para a bela e radiante mulher e, antes que eu pudesse impedir, ela inclinou-se para beijá-la, rompendo em soluços, o que me obrigou a levá-la até uma das poltronas que havia por ali. Tentei acalmar sua profunda emoção, dizendo aos dois irmãos:

— Eu também estou muito alegre em revê-los. Sobretudo porque tenho coisas muito importantes a comunicar-lhes. Mas agora não é a melhor ocasião para tratarmos disto, e então peço que me dêem o endereço de onde estão hospedados.

— Estamos na última casa da cidade, junto ao rio — informou-me prontamente Franz.

— Permitem-me acompanhá-los depois do concerto?

— Como não, senhor Karl? — voltou a exclamar Maria, mais calma. — Insistimos para que nos acompanhe, meu amigo!

— Certo, logo virei buscá-los. Suponho que se recordem de Winnetou: ele está me acompanhando e terá muito prazer em vir cumprimentá-los.

Acreditei ser conveniente retirar-me então, para dar tempo, sobretudo a Maria, de tranqüilizar-se. Quando passava novamente pelo local onde havia escutado pronunciarem meu nome, as cadeiras em que estavam sentados os dois homens já se achavam vazias.

Pouco depois encontrei-me com Winnetou e Emery, a quem expliquei o incidente enquanto esperávamos os dois irmãos.

O local começava a esvaziar-se, e todos saíam satisfeitos depois de tão magnífico espetáculo.

Capítulo III

Enquanto estávamos esperando os artistas, Winnetou pareceu mudar de idéia e pegando Emery, que o olhou surpreso, pelo braço, anunciou-me:

— Nós vamos voltar para o hotel. Meu irmão Mão-de-Ferro tem muitas coisas a falar com seus amigos, e é melhor que não o atrapalhemos... Não é verdade, Emery?

— Mas, bom... Eu...

O inglês afinal compreendeu a delicadeza do apache, que sem dúvida desejava que eu pudesse falar com Maria Vogel à vontade, sem a presença dos outros. Também agradeci aquela gentileza, tão típica de Winnetou, aceitando:

— Está bem, amigos! Vocês poderão saudá-los depois.

Não sei porque, mas sentia-me nervoso, ainda mais quando Franz apareceu e me pediu para acompanhar Maria, já que ele tinha que acertar alguns detalhes com seu empresário.

Maria enlaçou-me o braço com um movimento natural, e saímos para a rua. O céu tinha aquela cor azul peculiar do Novo México, onde é freqüente passar-se um ano inteiro sem chover nem uma só gota. A lua brilhava no firmamento salpicado de estrelas, e a noite estava tão clara como se fosse dia.

A casa onde os irmãos estavam morando em Albuquerque, ficava perto do rio, e ao chegar vi que sua dona era uma viúva espanhola. Antes de entrar, Maria conduziu-me por um estreito caminho até a margem do rio, mas dentro em breve regressamos daquele curto e silencioso passeio; ela parecia estar meditando, e eu não ousava interromper seus pensamentos.

Quando finalmente entramos na casa, Maria indicou-me uma cadeira, e sentou-se à minha frente, retirando-se a dona da casa e deixando-nos sós.

Volto a repetir que eu, além de estar contente em rever velhos amigos, também estava nervoso diante daquela linda mulher. Talvez isso se devesse ao fato de que, há muito tempo atrás, Maria esteve enamorada de mim, o que eu sabia por conta da indiscrição de seu pai. O caso é que eu não sabia o que dizer e, absurdamente, pus-me a falar de coisas ocorridas em nossa querida e distante pátria. Ao final, perguntei-lhe como iam as apresentações, e Maria afirmou:

— Magnificamente! Em todos os lugares que nos apresentamos, Franz e eu tivemos muito êxito.

— Alegro-me com isto. E agora, aonde vão se apresentar?

— Em Santa Fé, e logo vamos para o Leste. Já sabe que sempre gostei mais de cantar em minha casa, para os meus amigos íntimos, do que para o grande público. Mas as circunstâncias...

Sua voz falhou e me alegrei por ter, naquele instante, chegado seu irmão Franz, trazendo um pequeno pacote debaixo do braço. Ele o colocou sobre a mesa, voltou a apertar minha mão com calor e alegria e repetiu outra vez:

— Seja bem-vindo, senhor Karl!

— O mesmo digo eu, Franz: e agora, se me permitem, tenho coisas importantes a dizer-lhes.

— Pois somos todo ouvidos: Maria e eu soubemos que foi ao Egito, juntamente com Winnetou, em busca de nosso primo Small Hunter.

Para não entrar em muitos detalhes, disse-lhes que seu primo havia sido assassinado pelos Melton em Túnis, sem que nós pudéssemos evitá-lo, ainda que o tivésse-

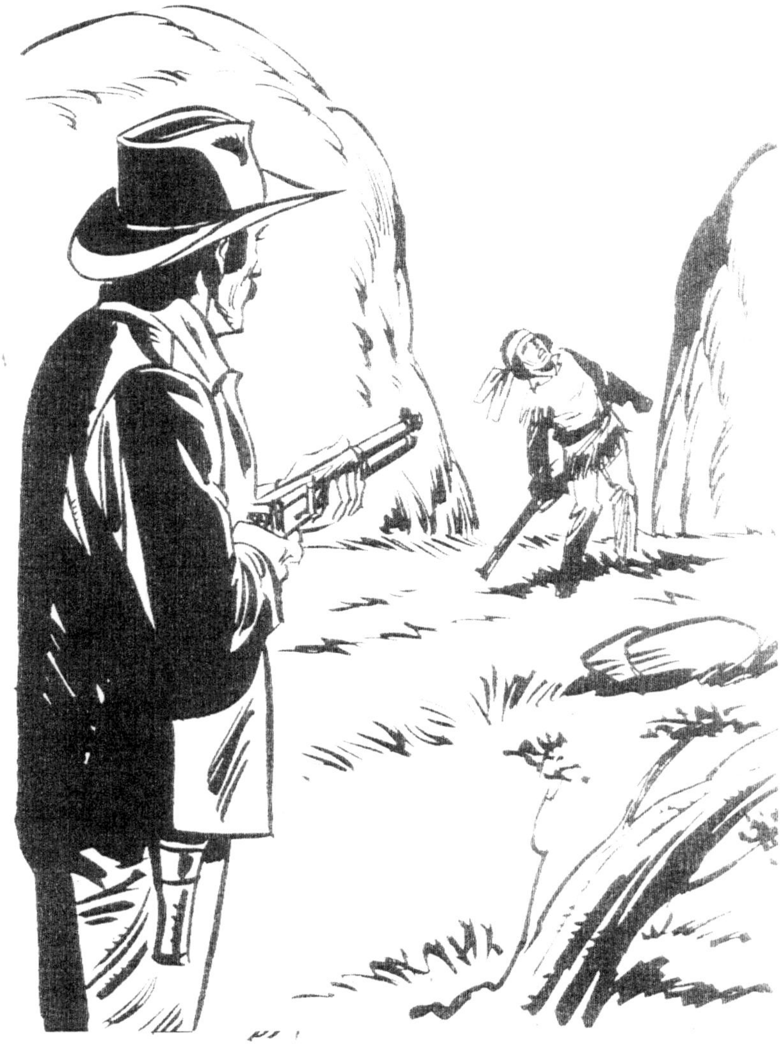

mos perseguido até o Egito. Também falei-lhes da enfermidade de Winnetou, na Inglaterra, o que havia permitido que Jonathan Melton aparecesse em Nova Orleães passando-se por Small Hunter, e cobrando a herança que não lhe pertencia. Contei-lhes também que o advogado Murphy só havia se convencido da trapaça e do engano ao receber minha visita. Falei-lhes também sobre o auxiliar do advogado que havia interceptado minhas cartas e as respondido em lugar de Murphy. Enfim, narrei-lhes todos os acontecimentos.

Os dois escutaram-me atentamente, até que, veementemente, Franz exclamou:

— Deus meu! Este advogado não devia ter entregue a herança a este impostor!

— Mas ele o fez acreditando, de boa fé, que era o legítimo Small Hunter — recordei-lhe.

— Mas essa fortuna, uma vez tendo sido meu primo assassinado... pertence a Maria e a mim!

— Está certo, Franz; mas por agora...

— Este canalha tem que restituir a nossa fortuna agora! — voltou a exclamar. — Onde estão estes canalhas?

— Aqui, em Albuquerque.

— Como? Aqui, senhor Karl? Não é possível!

— É sim, e digo-lhes que tanto meus amigos como eu, estamos dispostos a capturar estes homens. Por isso estamos aqui, seguindo suas pegadas. Tenho indícios que me fazem pensar que pode estar refugiado na casa de um tal Plener.

— No *saloon* do senhor Plener? Mas eu vou lá todos os dias! Talvez até tenha me sentado na mesma mesa que este canalha e...

— Talvez Franz; e posto que já contei-lhe tudo, regresso agora ao hotel onde me esperam meus amigos. Se Jonathan Melton está aqui, podem estar certos de que não escapará.

Levantei-me para ir embora e então, no meio da noite, ouviram-se dois disparos.

Dois Disparos

Capítulo Primeiro

Eu corri para uma das janelas, e Maria, assustada, agarrou-se às minhas mãos, suplicando:
— Em nome dos Céus! Não saia daqui!
— Devo saber o que está se passando, Maria! Por favor, solte-me!
Franz já havia aberto valentemente a porta, e da escuridão do exterior, chegou até mim uma voz conhecida, que gritava:
— Bandidos! Foram por ali!
Reconheci a voz e o sotaque de Emery, vendo duas sombras se afastarem. Já empunhava o meu revólver e me dispunha a disparar para o alto, para advertir e ver se conseguia deter os fugitivos, quando reconheci naqueles dois vultos Winnetou e Emery.
Respirei tranqüilo e os chamei, perguntando-lhes que diabos estava acontecendo, e porque estavam correndo assim. Em poucas palavras, Emery me disse que dois vagabundos haviam disparado sobre eles, sem dúvida para roubá-los, e que estavam tentando alcançá-los, mas os haviam perdido de vista.
— Esta cidade está infestada por esta gentalha! — terminou dizendo o inglês.
Eu pensei um momento e então disse:
— Talvez quem os atacou não sejam simples vagabundos, e sim os Melton.

— Como?

— Sim, lembram-se do que aconteceu no espetáculo? Aqueles dois tipos suspeitos que pronunciaram meu nome devem ter me seguido enquanto acompanhava Maria até aqui e... Mas o que vocês estavam fazendo rondando aqui?

— Fomos até o hotel, e ao ver que você não voltava, viemos buscá-lo — esclareceu Emery. — Perguntamos o endereço da cantora e seu irmão, e quando já estávamos batendo na porta, esses dois velhacos dispararam sobre nós.

— Voltemos: Maria e Franz estão assustados. Gostarão de vê-los e saber que estão bem.

Quando retornei à casa, os dois irmãos estavam junto à porta, esperando-me. Apertaram efusivamente as mãos de Winnetou e Emery, a quem nem Franz nem Maria conheciam, mas agradeceram-lhes vivamente sua colaboração para tentar resolver o caso da herança roubada.

Maria serviu-nos café e começamos uma conversa amena até que, voltando à urgência do caso, perguntei a Emery pelas averiguações que ele tinha feito:

— E então, Emery, o que descobriu?

— Descobri que Jonathan Melton esteve aqui com sua linda prometida, hospedados na casa de um tal Plener, realmente.

— Quando? — indaguei.

— Ontem pela manhã, mas ao que parece ficaram por poucas horas: o tempo necessário para descansarem um pouco, comer e trocar os cavalos.

— Seguiram na carruagem?

— Sim, esse Plener arranjou-lhes um guia para acompanhá-los a cavalo. Pelo visto querem ir para Acoma, e daí para o pequeno Colorado.

— Não podemos ter certeza disso. Talvez tenham dito isso somente para nos despistar, se por acaso escapássemos e encontrássemos novamente seu rastro.

— Meu irmão Mão-de-Ferro acha que esse tal de Plener é cúmplice dos Melton? — perguntou Winnetou.

— Pelo menos os ajudou, e o induziram a nos enganar. Como é esse Plener, Emery? — perguntei.

— Se o julgarmos por seu aspecto exterior, um hoteleiro vulgar. Mas se olharmos bem, parece um tipo rude, diria até mesmo bruto.

Guardamos silêncio e Emery continuou:

— O que não consigo explicar é porque Jonathan Melton está tomando tantas precauções. Deve achar que estamos emparedados vivos na tumba de Mão Forte!

— Ele é muito astuto — repliquei. — Conhece-nos e então considerou a possibilidade de conseguirmos escapar daquela armadilha.

— Querem saber de outra coisa? — disse Emery, olhando-nos divertido. — Pois aí vai: Plener também me disse que esta manhã, dois homens também perguntaram por Melton e a mulher, assim como eu. Deu-lhes as mesmas informações e então eles foram embora, dando-lhe uma excelente gratificação.

— Devem ser o pai e o tio de Jonathan Melton! — disse Winnetou.

— Eu também acho — confirmei. — E quem sabe não eram eles que estavam a ponto de liquidar-nos?

— Também querem matar o senhor? — perguntou Maria, olhando-me angustiada.

— É provável; insisto que foram eles que me reconheceram durante a sua apresentação, e devem ter-nos seguido. Ao ver chegarem Emery e Winnetou, quiseram aproveitar a ocasião para eliminá-los também.

— E por que não procuram as autoridades e contam tudo isso? — interveio Franz, algo ingenuamente.

— Por vários motivos, meu jovem amigo: primeiro porque não temos prova alguma que esta agressão partiu deles; segundo porque não adiantaria nada, e por último porque estamos dispostos a resolver isto pessoalmente.

— Estou pensando, se esses criminosos fracassados eram realmente Thomas Melton e seu irmão Henry, então eles chegaram até aqui vindos de Nova Orleães, mas por um caminho completamente distinto do que tomaram Jonathan e Judith — disse Emery.

— Sim, mas devem ter marcado encontro em algum outro lugar.

— Possivelmente no castelo daquela linda mulher branca — disse Winnetou.

— Pode ser — aprovei o raciocínio de Winnetou. — Temos alguns dados que confirmam isso. Sabemos que o castelo asteca de Judith está situado entre o pequeno Colorado e Serra Branca. Para chegar até ali só existe um bom caminho, e Jonathan e a mulher devem tomá-lo, se quiserem continuar seguindo comodamente em sua carruagem.

— Pois aposto que estes dois outros Melton estão cavalgando para lá — disse Emery.

— Se for assim, antes do amanhecer também nos poremos a caminho — determinei, sabendo que meus amigos me apoiariam nesta decisão.

Foi quando o jovem Franz surpreendeu-nos, dizendo:

— Eu os acompanharei!

Meus olhos cruzaram com os da bela Maria, e então eu disse:

— Esta tarefa é nossa, Franz. A você cabe cuidar de sua irmã Maria. Não têm uma apresentação em Santa Fé?

— Isso é o de menos: não vou permitir que continuem arriscando-se por essa fortuna que pertence a mim e a minha irmã. Eu é quem deveria defendê-la com unhas e dentes.

Havia tal convicção em sua voz e em seus olhos, que Emery olhou-me fixamente, antes de me dizer:

— O rapaz tem razão. Eu voto para que nos acompanhe.

— E você, Winnetou? — indaguei.

— Se meu irmão Mão-de-Ferro também o quer assim, e esse jovem for capaz de encontrar um bom cavalo e todo o necessário para nos acompanhar, nada tenho a opor — aceitou ele por sua vez.

Muito contente, Franz Vogel apertou nossas mãos e combinou com Maria que esta nos esperasse em Santa Fé, cumprindo ela o compromisso que ambos tinham.

Minutos depois nos despedíamos e em vez de regressar ao hotel com Winnetou e Emery, decidi acompanhar o jovem Franz para que se equipasse, e não o enganassem na compra de um bom cavalo. Seu contrato musical havia sido bom, e pôde arcar com os custos, sobretudo porque estava indo lutar pela enorme herança que legalmente lhe pertencia.

Os Povos Índios

Capítulo Primeiro

Em uma cidade como Albuquerque não resultou difícil comprar tudo o que Franz necessitava para acompanhar-nos. No dia seguinte, preparados para a partida, despedimo-nos de Maria, que estava visivelmente emocionada:
— Cuide bem de Franz, meu amigo. Ele não tem a experiência que os senhores têm! — disse ela, segurando minhas mãos.
— Não se preocupe, Maria. Meus amigos e eu cuidaremos bem dele.
Uma hora depois deixamos para trás a aldeia de Atrisco, e eu pude ver o sorriso aprovador de Winnetou ao ver que o nosso jovem acompanhante sabia cavalgar bem. Franz Vogel realmente não era um mau cavaleiro e percebi que, com sua vontade e firmeza, iria esforçar-se por dar-nos o menor trabalho possível, tentando adaptar-se ao novo estilo de vida que o aguardava.
Lógico que não preciso enumerar, um por um, todos os incidentes sem importância daquela expedição. Bastará dizer que na tarde do segundo dia chegamos a Acoma onde, certamente, ou para comprar provisões ou para trocar de cavalos, calculávamos que os Melton também deveriam ter parado.
Acoma é um desses povoados formados por casas isoladas, ruas largas e que serviram de ponto de apoio aos primeiros povoadores de comarcas como Taos, Laguna e Islea.

Estes povoados, geralmente era construídos com a idéia de que pudessem servir como defesa contra os inimigos do exterior. Funcionavam como se fossem fortalezas, ainda que sua arquitetura fosse completamente distinta da adotada na Europa. São construções pesadas de argila ou pedra, dependendo do material que seus construtores achassem mais facilmente à mão, sem um estilo definido nem estrutura, sendo que os andares superiores podem até ser maiores que o primeiro.

Nos muros não existem porta nem janela, e para se entrar nestas construções maciças, usam-se escadas de mão, apoiadas de andar em andar: ao retirar-se a escada, e colocá-la sobre o teto plano, que é todo perfurado, torna-se impossível invadir o edifício.

Este simples mas eficaz sistema de defesa é facilmente compreendido ao primeiro olhar. Mas uma vez retiradas as escadas de mão dos diferentes pisos, aquele que desejar entrar ali tem que trazer com ele sua própria escada, e enquanto tentar entrar, vai estar exposto ao fogo dos andares superiores e também do contra-ataque vindo do interior da casa que se deseja invadir.

Também devo dizer que os habitantes nativos destes povoados não podem comparar-se, de modo algum, com os índios propriamente livres. Geralmente comprovei que são seres bondosos, pacíficos e totalmente ignorantes. Muitos dizem que são descendentes diretos, mas algo degenerados, dos antigos povos astecas.

Estes índios dedicam-se um pouco à agricultura, a criar gado e animais e têm também uma indústria primitiva, em escala bem reduzida.

Chegamos a Acoma pouco antes do cair da noite e, conhecedores do costume daquela gente, a primeira coisa que fizemos foi perguntar pelo governador. Este governador é uma espécie de juiz popular, que todos obedecem. No mesmo instante, vimo-nos rodeados pela curiosidade da maioria dos habitantes de Acoma, mas sem nenhuma hostilidade aparente.

No entanto, pus-me em guarda, já que nenhum dos habitantes aproximou-se de nós oferecendo-se para descarregar os pacotes de nossas montarias, nem para nos indicar onde poderíamos repor as provisões e a água e também encontrar o governador.

A hostilidade fez-se então patente quando Emery inclinou-se ao passar diante de um pequeno jardim, arrancando uma flor. Ao agachar-se, um menino saltou sobre suas costas com a agilidade de um gato, tentando derrubá-lo por trás, para que ele não pegasse a flor. Emery levantou-se bruscamente e jogou longe o menino de belos e relampejantes olhos negros que, sem dar-se por vencido, voltou ao ataque para defender o que era seu.

Nosso amigo inglês já se dispunha a recebê-lo com os punhos cerrados, quando eu toquei um dos seus braços e balancei negativamente a cabeça, dizendo-lhe para desistir. E então, com voz muito doce, o menino disse-me em corretíssimo espanhol:

— Fico-lhe agradecido. Aqui crescem poucas flores e esta está destinada a meu pai.

Somente ao falar é que compreendi que aquela voz não era a de um menino, dando-me conta que em muitos povoados mexicanos, as meninas vestem-se como rapazes, usando amplas calças e o cabelo curto, partido ao meio, o que aumentava ainda mais este engano. Tive que sorrir ao ver a menina de grandes olhos negros inclinar-se, arrancar com seus dedos ágeis uma das flores e oferecer-me voluntariamente, como agradecimento pela minha espontânea defesa.

Primeiro fiquei confuso, mas logo ofereci-lhe um estojo de prata onde guardava um canivete, há muito perdido. Ela não ousava aceitar o presente, e tive que dizer-lhe, também em espanhol:

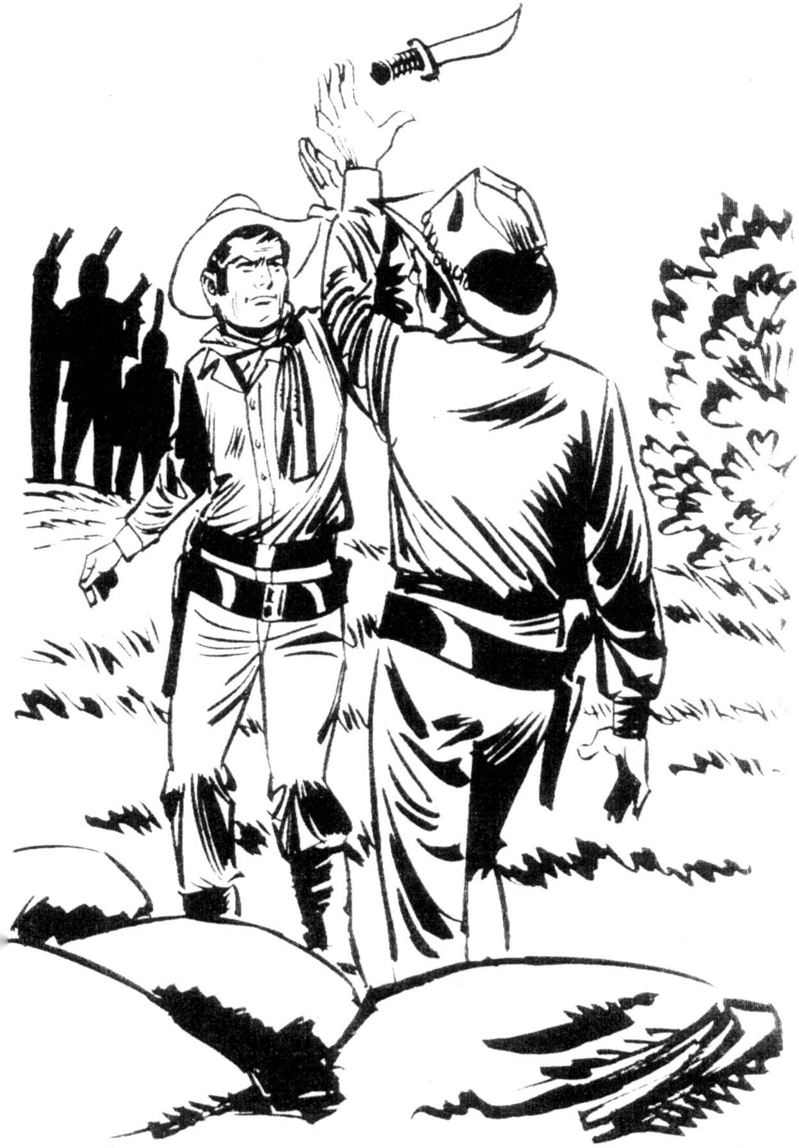

— Pode pegar, linda menina; estou retribuindo-lhe a flor que me deu.

A menina e seus familiares, que estavam um pouco mais afastados, olharam-me com estranheza. Apesar de não pegar o meu presente, eu lia, nos grandes olhos dela, que aquele objeto era uma obra de arte, um tesouro inigualável para ela.

— Para mim? — atreveu-se a perguntar enfim, receosa.

— Sim, menina! A flor que me ofereceu vale muito mais do que isto.

— Oh, não senhor! Eu gosto muito mais desta linda caixinha do que da flor. Muito obrigado; o senhor é um homem bom, muito bom. Vê-se em seu rosto — disse-me.

Esqueci o incidente ao ver Winnetou aproximar-se, com a notícia de que havia encontrado água. Disse-me que junto ao povoado havia uma cisterna, em que a população recolhia a água da chuva durante todo o ano. Levamos nossos cavalos para lá e valendo-nos de um balde de barro amarrado a uma corda, começamos a tirar a água que precisávamos. Foi quando começou uma gritaria generalizada, vindo os índios para cima de nós com não muito boas intenções.

Por um natural instinto de defesa, ao ouvirem os gritos, Winnetou, Emery e o jovem Franz prepararam seus rifles, prontos para disparem. Necessitávamos de água tanto para os cavalos como para nós mesmos, mas estava claro que aquela gente tinha direito sobre a água que tanto lhes custava armazenar.

Ignoro o que teria acontecido ali se eu não tivesse feito um sinal a meus companheiros, enquanto lançava algumas moedas ao solo, sinal de que pagaríamos tudo o que levássemos. Neste instante, os habitantes de Acoma abandonaram sua atitude hostil, permitindo-nos pegar a água necessária.

A noite já caíra e era preciso encontrar um lugar seguro e cômodo para passá-la. Mas a maneira pouco cordial daquela gente nos aconselhava a não fazer isto no povoado ou sequer em suas cercanias. Assim, levamos os cavalos até uma considerável distância, acampando como tantas outras vezes ao ar livre, montando turnos de guarda, porque achávamos melhor prevenir do que tentar remediar.

E foi precisamente em meu turno que, furtivo e confundindo-se entre as sombras da noite, observei um vulto aproximando-se de nosso acampamento. Fiquei em pé, carreguei meu rifle e com voz potente ordenei que, quem quer que fosse que estivesse ali, era melhor aparecer.

— Quero falar com o senhor — respondeu-me uma voz que eu já conhecia.

Sorri interiormente e pouco a pouco, para não assustá-la, aproximei-me da jovem índia, para escutar o que ela me dizia:

— Falemos baixo, vim sem que soubessem! Não quero que nada de mal aconteça ao senhor, que foi tão bom!

— E o que pode acontecer? Quem quer nos fazer mal?

— Os dois homens brancos que chegaram hoje ao nosso povoado. Umas três horas antes de vocês.

— Quando tempo ficaram aqui, pequena?

Pude observar que aquela doce criatura tinha medo, aproximando-se ainda mais de mim, como se buscasse proteção:

— Ainda estão aqui! Falam muito mal de vocês, dizendo que os estão seguindo para roubá-los e matá-los. Disseram também que iriam destruir as imagens de nossos deuses.

— Esses canalhas estão mentindo! Não é verdade! O que mais disseram de nós?

— Que cometeram muitos crimes e que só querem roubar. Mas o senhor não tem cara de ladrão! O senhor deve ser bom! Por isso, quero salvá-lo.

— E agora, corremos algum perigo?

— Sim. Não sei ao certo, mas parece que eles pretendem matá-los. Nossos homens nunca dizem nada para as mulheres, e muito menos para crianças como eu. Mas temo que estejam mesmo planejando matá-los.

Era digno de agradecimento que aquela pequena criatura corresse tal perigo por um homem branco que nem sequer conhecia. Mas quando estava procurando algo em meus bolsos, para demonstrar-lhe minha gratidão, a menina correu como uma gazela assustada, sumindo na escuridão da noite.

E eu não pude deixar de pensar que, apesar de todas as misérias, egoísmo e ambições dos seres humanos, de vez em quando tropeçamos com almas bondosas e realmente nobres.

Capítulo II

Quando pus meus companheiros a par do ocorrido, foi grande a surpresa e indignação contra os Melton, que tentavam acabar conosco tão traiçoeiramente. O veemente Emery queria partir para cima do povoado, com todas as nossas armas carregadas, mas prudentemente Winnetou leu meus pensamentos, ao dizer:

— Não devemos nos precipitar. Se esses índios acreditaram nas mentiras desses caras-pálidas, vamos matá-los e castigá-los por isto? O que devemos fazer é usar de astúcia e prudência.

— Estou de acordo com Winnetou — reforcei. — Vamos esperar que eles venham até nós. E se assim o fizerem, serão eles os surpreendidos.

Trocamos o acampamento de lugar e decidimos fazer a guarda de dois em dois, ao invés de só um. Eu e Franz Vogel fizemos par, e quando chegou nosso turno, nada ainda havia acontecido. O novo dia chegou sem nenhuma novidade e isto nos fez pensar em duas coisas: ou a jovem índia havia me enganado, ou os Melton haviam mudado de opinião por encontrarem dificuldade em fazer com que os índios nos atacassem.

Também podia ser que, ao mudarmos o local de nosso acampamento, eles ignorassem aonde estávamos, e temendo uma emboscada, preferiram não nos procurar. O caso é que tínhamos que voltar ao povoado, para sabermos se os Melton continuavam ali e o que estava acontecendo.

Um pouco separados e com as armas engatilhadas, nós quatro fomos nos aproximando em nossos cavalos, dispostos a averiguar o que queríamos e dispostos a lutar.

Mas a atitude pacífica dos índios que vieram nos receber praticamente nos impedia de adotar uma atitude hostil, e então resolvi ser direto:

— Onde estão os dois homens brancos que vocês estão escondendo? Eles sim é que são malfeitores e devemos prendê-los!

Do meio dos índios saiu um, melhor vestido do que os outros:

— Não estamos escondendo ninguém. De onde tiraram esta idéia?

— Não vamos discutir isso. Vamos revistar o povoado e recomendo-lhes que nada tentem para nos deter. Este rifle que carrego pode disparar muitas balas, sem necessidade de carregar. Pensem se uma luta contra nós irá resolver alguma coisa.

O mesmo homem respondeu, com ar receoso:

— Não encontrarão estes dois homens! Podem ir embora!

— Quem é você para falar por todos os outros?

— Sou o governador! — respondeu petulantemente.

— Muito bem! E porque não quis aparecer para nós ontem a noite?

Parecia hesitar e eu acrescentei, sem dar-lhe tempo para armar alguma mentira:

— Vou responder por você! Estava escondendo estes dois canalhas, que encheram seus ouvidos com mentiras a nosso respeito. E você até combinou com eles de atacarem nosso acampamento!

— Não é nada disso! — gritou. — Neguei-me terminantemente a fazê-lo! Meu povo é pacífico, não quer guerra. Só trabalhar e viver em paz. E por isso eles partiram!

— Vamos acreditar em você. E vamos dar novamente água a nossos cavalos. Temos que seguir as pegadas desses homens.

— Se utilizarem nossa água... Terão que pagar!

— Nós o faremos. Isso irá lhe mostrar que somos homens justos, e não bandidos como lhe disseram.

Não tínhamos certeza se aquilo tudo não era uma armadilha, e nos cercamos de precaução para irmos até a cisterna, dois de nós sempre vigilantes enquanto os outros dois subiam a água no balde de barro. Logo enchemos os recipientes que levávamos e ao terminarmos, estendendo a mão, ofereci a quantia que achava justo pagar:

— Se é mesmo o governador desta gente, aproxime-se e pegue o pagamento. Mas antes de partirmos, quero que me respondam se estes homens que procuro já não estão mais, realmente, aqui. Bastará fazerem um movimento de cabeça.

Assim o fizeram homens, mulheres, anciões e crianças, movendo a cabeça afirmativamente com energia, e ao mesmo tempo com temor, esforçando-se para que nós lhes déssemos crédito.

Mas eu só acreditei realmente quando, entre todos aqueles rostos, distingui os dois grandes e formosos olhos negros da menina, a qual eu já considerava minha amiga. Uma menina com quem tive pouco contato, mas pela qual já tinha grande simpatia.

Sorri-lhe de longe, e ela devolveu-me o sorriso. Recordo agora que tinha dentes muito brancos e perfeitos, ressaltados pelo seu belo rosto moreno.

Ela era bonita não só fisicamente, mas também de alma.

E quando nos afastamos dali, gostei de pensar que, naquele lugar tão distante e quase esquecido, estava deixando uma boa amiga.

A Traição

Capítulo Primeiro

Era natural que o primeiro que encontrasse as pegadas dos covardes que estavam fugindo fosse Winnetou. Sua vista de lince, sua experiência em seguir mil pistas nas pradarias era superior a de qualquer um que eu já tivesse conhecido. Ele nos anunciou, sem sequer desmontar do cavalo:

— Eles estão indo para o noroeste.

Fiz um cálculo mental, para dizer:

— Isso significa que estão nos levando a uma pista falsa. Não vão na direção do castelo asteca de Judith!

— Por que não cavalgamos e os alcançamos? — propôs o sempre decidido Emery.

— Porque o cavalo que Franz está montando não resistiria a este esforço — adverti.— Os Melton têm bons cavalos e...

— Mão-de-Ferro e Winnetou podem fazê-lo — disse o apache.

Não deliberamos mais, e instantes depois, mesmo vendo no rosto de Emery que ele adoraria ter nos acompanhado, o apache e eu iniciamos um galope que esperávamos resultar ser decisivo.

Galopamos através da planície, num solo pedregoso e duro, mas que não constituía nenhuma dificuldade para um homem como Winnetou, que ainda assim conseguia seguir os rastros daqueles homens. Conforme fomos avançando, o terreno passou a apresentar declives e ladeiras cada vez mais acentuadas. Duas horas mais tarde, os declives tornaram-se montanhas. Ali começavam as montanhas de Sierra Madre.

Três horas mais tarde, quando estávamos tendo um merecido descanso, sobre o cume de uma montanha, muito distante, conseguimos distinguir dois cavaleiros. Não podíamos ter certeza se eram os irmãos Melton, mas o que aconteceu então tirou-nos todas as dúvidas. Eles também deviam ter nos visto porque, no mesmo instante, como que acionados por uma mola, esporearam os cavalos iniciando um galope desenfreado.

— Aí estão! — disse a Winnetou — São eles!

Também saímos galopando com todas as forças de nossos cavalos, começando a ganhar-lhes terreno, porque eles tinham de descer a montanha, enquanto que nós já estávamos num quase plano. Isto deve tê-los desconcertado, e submeteram seus cavalos a um esforço cruel para forçarem o galope; foi então que um dos cavalos tropeçou, derrubando seu cavaleiro.

O outro cavaleiro parou no mesmo instante, gritando algo, e então...

Então aconteceu algo que nunca vou poder esquecer.

Não podíamos distinguir se o cavaleiro caído era Henry ou seu irmão Thomas, mas assim que se levantou, correu até o outro cavaleiro e, agarrado à sua perna, lutava pela posse da única montaria que poderia salvá-los.

Mas tarde soubemos que o outro cavalo, ao tropeçar, havia quebrado uma das patas dianteiras, e que seu dono, sem se ater ao parentesco ou a outros sentimentos humanitários, pretendia apoderar-se do outro cavalo, lutando para isso com unhas e dentes.

Pareciam duas feras lutando! Ao final, um deles resultou vencedor e, correndo até o cavalo, montou-o de um salto, continuando sua fuga precipitada.

Quando chegamos até o local da briga, reconheci que o vencido era Henry Melton, o mesmo que tempos atrás havia visto seus planos de apoderar-se de uma fazenda no México, destroçados. Isto havia ocorrido na mesma época em que a jovem Judith estava entre os imigrantes alemães que Winnetou e eu havíamos conseguido salvar.

Estendido no solo, ao nos aproximarmos, vimos que Henry Melton tinha uma facada no peito, que sangrava abundantemente. Estava completamente imóvel, com toda a camisa empapada em sangue. Tentamos conter-lhe a hemorragia, rasgando sua camisa e fazendo dela várias bandagens. Ele então abriu os olhos lentamente, e blasfemou:

— Cão assassino! Você me feriu!

— Foi seu próprio irmão — esclareci. — Se ficar quieto, poderemos tentar estancar esta hemorragia, apesar de não ser merecedor!

— Esse Judas é que não merece nada! Onde está minha jaqueta?

Silenciosamente, sem inclinar-se, Winnetou estendeu-lhe a jaqueta, que Henry Melton agarrou com mãos febris, começando a vasculhar pelos bolsos, procurando algo que não encontrou. Então, cravou os olhos em mim, indagando:

— Foi você? Você me roubou?

— Eu? Roubei o que?

— O dinheiro! Ele levou minha parte! Maldito!

— Já compreendo — disse, sem deixar de continuar a enfaixá-lo. — Seu irmão roubou o dinheiro que lhe tocava pela sua participação no plano de roubar a herança de Small Hunter, não é verdade?

— Sim! Sim! Maldito seja!

— Suponho que o restante esteja em poder de seu sobrinho Jonathan.

— E o que importa? Já não importa mais nada! Sei que vou morrer e que eu... eu... Vingança! Eu quero vingança! — começou a gritar histericamente.

Sempre respeitei os moribundos, mas aquela vez, por ser vital para nós, eu o pressionei:

— Nós o vingaremos! Mas diga-nos onde poderemos encontrá-lo! Onde? Fale!

— Ele... ele já... já estará lá... — começou a balbuciar. — Nós... meu irmão e eu... Thomas e eu íamos... íamos nos reunir com ele. Maldito seja!

— Aonde? Aonde?

— Arroyo Blanco... Ali... ali... Ooh!

— É ali o castelo asteca de Judith?

Mas o ferido havia desmaiado. Em seu corpo sentia-se a luta da vida contra a morte, e não podíamos fazer nada por ele, somente cobri-lo com uma manta e esperar para ver se saía daquela crise.

Winnetou aproximou-se do cavalo que estava com a pata quebrada, e piedosamente, disparou certeiramente na cabeça do animal, dando fim à sua agonia. Tirou então a sela e revistou os alforjes, e voltou então, olhando para o moribundo:

— Agora já sabemos onde está o castelo asteca!

— Sim, Winnetou, nas margens de Arroyo Blanco.

Perto do meio-dia Emery e Franz nos alcançaram, e nós os colocamos a par de tudo o que havia acontecido. Não tínhamos já nenhuma pressa e, por outro lado, também não podíamos abandonar Henry Melton em sua agonia. Existem coisas que um homem honrado e de princípios não pode fazer, e esta era uma delas.

Mas ao chegar a noite, Henry Melton teve a crise final. Saindo do estado de inconsciência, pronunciou várias vezes o nome do irmão, maldizendo, e por fim, caiu morto.

Na manhã seguinte, depois de descansarmos, cobrimos seu cadáver com pedras, para que os abutres e chacais não atacassem, e nos afastamos dali depois de cumprirmos este dever.

Um Índio Hospitaleiro

Capítulo Primeiro

Seria perda de tempo seguirmos as pegadas de Thomas Melton, e nos dirigimos então para Serra Madre e os montes Zuni, ganhando tempo depois do volteio que havíamos sido obrigados a fazer no dia anterior.

Depois de transpormos as montanhas, o tempo começou a mudar e uma chuva torrencial nos açoitou. Eu sabia que nos encontrávamos no território da nascente do pequeno Colorado e esperava que, como era habitual naquela região, os temporais se alternassem com um tempo esplêndido. Mas não foi isto que ocorreu, e a água que caía sobre nós, se bem que não deixasse faltar água e pasto, não deixava também nossas roupas secarem.

Observava Franz cavalgando a nosso lado, e achava uma lástima que ele tivesse que submeter-se a tais intempéries e fadigas, aos quais não estava acostumado. No terceiro dia depois da morte de Henry Melton, o apache nos comunicou estarmos nas proximidades de Arroyo Blanco, e as nuvens, de repente, dissiparam-se como que por encanto.

Sem o incômodo da chuva, podíamos ver um esplêndido panorama e distinguimos um índio de meia-idade e expressão amistosa, que ao nos aproximarmos saudou-nos afavelmente. Não trazia armas e parecia disposto a iniciar uma conversação, à qual eu dei início:

— A que tribo pertence meu irmão índio?

— Sou zuni — respondeu. — Posso perguntar de onde vieram meus irmãos brancos?

— De Acoma. Vamos ao Colorado, e de lá mais longe ainda. Conhece meu irmão o terreno?

— Sim, vivo com minha mulher bem perto daqui. Se meus irmãos quiserem, eu os levo até minha casa.

Enquanto nos conduzia, vivamente interessado, Emery nos perguntou:

— Um índio zuni? Já tiveram oportunidade de tratarem com algum índio desta tribo?

— Sim — respondi. — Os zuni formam a tribo mais importante dos índios pacíficos e têm fama de serem muito inteligentes.

Emery pareceu ficar mais tranqüilo com as minhas palavras e dentro em pouco estávamos na casa daquele homem: era um quadrado, onde havia um buraco por onde se entrava. As paredes eram de argila e o teto de junco revestido de barro, também argiloso. No interior e em um canto daquele único aposento, havia um monte de vegetais, sinal de que aqueles índios dedicavam-se à agricultura. Do outro lado havia um fogão, junto ao qual uma boa provisão de lenha.

A única abertura que servia de porta estava coberta por peles, e nosso olfato nos fez localizar uns grandes pedaços de carne salgada pendurados no teto; indubitavelmente, ele devia ser um grande caçador.

Quando entramos na casa, uma mulher levantou-se, e depois de olhar-nos com viva curiosidade, retirou-se sem pronunciar uma palavra, enquanto seu esposo nos convidava, muito amavelmente, a sentar-nos. Ele inclinou-se sobre o fogão, acendendo-o, enquanto respondia a nossas perguntas com voz pausada, dizendo-nos que vivia ali desde o nascimento, que conhecia Arroyo Blanco de nome, e que não estava distante dali. Informou-nos também que em suas margens, há anos, viviam homens brancos e peles-vermelhas.

— Há algum povoado ali? — perguntei.

— Sim, um povoado que pertence aos zuni desde os tempos antigos. Há muito tempo chegaram alguns índios vindos do México, e ali se estabeleceram para buscarem ouro. Compraram o povoado dos zuni, e o pagamento foi em armas. Deste então, o povoado é de um chefe yuma. Há dois anos chegou aqui o neto do proprietário e sua linda esposa, além de alguns índios com suas famílias. Ouvi dizer que o chefe yuma e sua mulher passavam longas temporadas em uma cidade chamada São Francisco e que raramente vinham até aqui. Um dia correu a notícia de que o chefe yuma estava morto, e sua viúva ficou muito tempo sem voltar, até que a pouco regressou na companhia de um homem branco. Ontem de noite chegou outro homem, que dizem ser o pai do que está acompanhando a linda viúva.

É claro que aquelas notícias nos interessavam vivamente e ficamos ainda mais alegres ao ver que o índio poderia nos indicar o caminho do castelo asteca de Judith:

— Aqueles que não conhecem o terreno, não conseguem chegar até o povoado. O arroio atravessa um vale, local cercado por altos e escarpados penhascos. À esquerda do riacho, há uma estreita abertura que separa dois maciços rochosos, e ali começa um íngreme caminho que leva ao povoado.

— E é grande este povoado? — quis saber Winnetou.

— Não muito, mas é seguro. Não há inimigo que consiga entrar se seus moradores resolverem defender-se. Depois de subir pelo caminho, chega-se a um espaço circular, rodeado por penedos empinados e lisos, que nenhum homem consegue escalar. O solo do lugar está coberto de verde, e ali crescem muitas árvores robustas e plantas. É onde pastam os cavalos e onde semeiam os yumas. O povoado esta construído entre as rochas. É estreito, mas muito alto.

Já tínhamos uma descrição exata e nenhum motivo para duvidarmos daquele solitário índio zuni, apesar dele

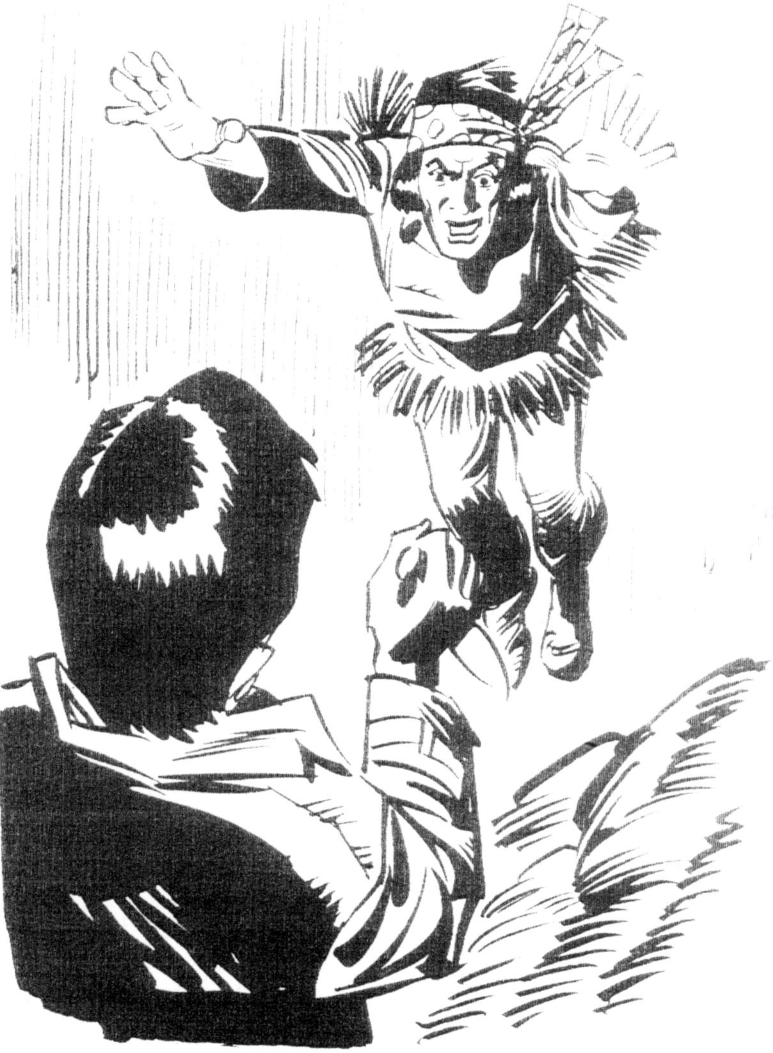

mostrar-se estranhamente amável e receptivo à nossa companhia. Geralmente, os índios se cobrem com a mais completa e impenetrável reserva para com os estrangeiros, principalmente se eles são brancos. E aquele solitário zuni nos recebia, ao que parece, de braços abertos, tratando-nos como se fôssemos amigos íntimos.

Acrescentando-se a isto, havia também a esposa do zuni, que havia saído da casa assim que chegamos, ficando lá fora, enquanto a chuva voltava a cair. O que fazia aquela mulher na intempérie, molhando-se naquele temporal?

Meus receios aumentaram ao ver que o zuni ocupava-se pessoalmente, o que não era costume dos índios que têm esposa, a preparar o jantar. Havia carne salgada, que ele nos ofereceu, sem contudo nos acompanhar, desculpando-se ao dizer que havia pouco tempo que tinha jantado.

Eu não acreditei.

Recordei que havíamos o encontrado no caminho, debaixo da chuva, o que me fez pensar que talvez ele estivesse de sentinela, esperando nossa chegada. Meus receios aumentaram ao ver entrar a mulher, totalmente ensopada, e dirigir-se ao canto onde seu esposo descansava, esticado numa manta. Observei que eles cochichavam entre si, e já não duvidei em colocar-me de sobreaviso, fingindo que buscava em meu bolso tabaco, mas na realidade pegando meu revólver.

Fiz bem em tomar esta precaução, porque o índio zuni, simulando que buscava algo entre suas coisas, pegou um fuzil que ali estava oculto, mas nem chegou a empunhá-lo, porque gritei:

— Quieto ou eu disparo, amigo!

Minha mão empunhava o revólver e voltando-se para mim, ele falou com falsa desaprovação:

— O que está acontecendo, meu irmão branco? São meus hóspedes! Eu mesmo os trouxe até minha casa. Isso é modo de retribuir esta hospitalidade?

— Sim, quando esta hospitalidade só encobre uma traição. Diga-nos se sua esposa foi avisar a nossos inimigos e quem mandou você fazer isso! Sente-se, senão eu disparo!

Fingiu obedecer-me mas, veloz como um raio, lançou a manta sobre mim e correu até a saída, conseguindo transpor as peles que cobriam a entrada para perder-se na noite. Poderia ter disparado, e certamente o teria matado; mas algo me deteve, minha repulsa instintiva a ter que disparar sobre um homem.

Enquanto isso, com movimentos felinos, Winnetou também entrou em ação, lançando-se sobre a esposa daquele traidor, quando ela tentava fugir. Caíram os dois no chão, numa confusão de pernas e braços, e quando o apache conseguiu dominar a fúria da mulher, segurando-a bem, ordenei:

— Fique quieta naquele canto! E você, Emery, apanhe as armas de fogo que estão escondidas sobre as mantas.

O inglês assim o fez, mostrando-me dois fuzis tão velhos e sujos, que duvido que pudessem disparar. O jovem Franz, bastante assustado, estava junto à porta, olhando para a escuridão da noite:

— Agora vão nos cercar e matar aqui!

Era muito provável, mas estávamos dispostos a nos defendermos.

Capítulo II

Estávamos metidos numa ratoeira: uma casa com uma só entrada.

Pusemo-nos em ação. Emery e Winnetou amontoaram nossas selas e tudo o que encontraram para alcançar o teto e fazer um buraco nele. Franz ficou vigiando a índia e eu, estendido no chão, muito lentamente, coloquei a cabeça para fora da casa.

Não havia ninguém diante da porta, mas quando me virei para a esquerda, vi a sombra de um homem deslizando pelo solo a modo dos índios. Sem nem piscar, esperei que se aproximasse mais para saltar sobre ele. Com a mão esquerda agarrei-lhe o pescoço, e com o punho direito soquei-o várias vezes, até deixá-lo aturdido.

Era um índio, e na breve refrega que tivemos deixou cair o fuzil que levava nas mãos. Peguei a arma como butim de guerra e regressei ao interior da casa, pensando que, depois dos golpes que levara, dificilmente aquele índio tomaria parte na luta que se avizinhava.

Se as circunstâncias fossem outras, eu o teria feito prisioneiro. Mas tal coisa poderia dificultar nossa defesa e, tornando a entrar, vi satisfeito que meus amigos já tinham feito o buraco no teto. Então, Winnetou subiu nos ombros de Emery e alcançou o buraco do teto, no que foi seguido por Franz e eu, que depois içamos Emery. Do teto, o inglês despediu-se ironicamente da índia:

— Agradeça a seu marido pela hospitalidade, minha cara.

Não ficamos em pé sobre o teto da casa, e sim nos arrastamos até a borda. A chuva havia cessado e as estrelas começavam a brilhar no negro firmamento. Eu me encarregava de vigiar a parte fronteira da casa, Winnetou a traseira e Emery e Franz, respectivamente, a direita e a esquerda da pequena construção.

Foi quando vi dois homens quase debaixo de mim. Para não matá-los, atirei nos braços deles, e os escutei correr, gritando de dor. Naquele instante, na parte traseira da casa, soou um disparo da espingarda de prata de Winnetou, seguido da voz do apache gritando imperiosamente:

— Deixem os cavalos aí, ou a próxima bala atravessará as suas cabeças.

Para reforçar a ameaça de Winnetou, rapidamente fui para o seu lado, e disparei meus dois revólveres, mas confesso que não enxergava nenhum inimigo que, ao ver que não iriam nos pegar desprevenidos dentro de casa, sumiram.

A luz do dia chegou, depois de uma espera longa e angustiosa, mas nos permitiu ver, até onde nossa vista alcançava, que não havia ninguém ali por perto. Isto não era de se estranhar, tendo-se em vista que a espingarda de prata de Winnetou e meus dois rifles tinham sua fama merecida. Meu rifle de repetição podia disparar vinte balas, sem necessidade de ser recarregado, e certamente meus inimigos sabiam disso. Era pois, muito temerário aproximar-se imprudentemente de nós, e nos demos ao luxo de regressarmos para dentro da casa. Para nossa surpresa, a índia continuava encolhida entre as mantas.

Isto indicava que não morria de amores por seu traiçoeiro marido, e ela manifestou este sentimento abertamente:

— Não quero mais ser esposa deste homem. Se me der um pouco de dinheiro, voltarei para minha tribo e serei novamente livre.

Winnetou inclinou-se sobre ela, e olhou-a diretamente nos olhos, para então voltar-se para nós e dizer:

— Não está mentindo, esta mulher não está mentindo. Mas antes de deixarmos você partir, deve nos dizer quais eram os propósitos de nossos inimigos.

— Combinaram entre eles que vocês deviam dormir aqui, para poderem atacá-los durante o sono. Os dois homens brancos organizaram este plano e eu tive que avisá-los, por meio de um vigia, que levou a notícia de sua chegada a Arroyo Blanco.

— Está bem — disse, dirigindo-me à assustada índia. — Temos o dinheiro que precisa para chegar até onde está sua tribo. Mas diga-nos, seu marido nos mentiu ao descrever o povoado?

— Não mentiu. Ele esperava que morressem aqui. Por isso disse-lhes a verdade.

— Esse caminho rodeado por penedos é o único que serve de entrada e saída para o povoado.

— Sim, não há outro.

— E podem-se escalar os penedos que rodeiam esta entrada?

— Impossível. São pedras lisas como as paredes desta casa. Se quiser, eu lhe mostrarei.

— Fará isso? — indagou Emery, já pensando se aquilo não seria outra armadilha.

— Se me prometerem duas coisas...

— Fale! — eu lhe disse.

— Não matar os yumas, arrastados pelas intrigas destes caras-pálidas e da linda mulher, e dar-me o dinheiro para fugir.

Como resposta, Winnetou fuçou em seu alforje e sacou duas pedras de ouro, daquelas que sempre trazia consigo. Por sua parte, Emery entregou-lhe algumas moedas, e mesmo Franz procurou algo em seu bolso. Eu não podia mostrar-me tão generoso, mas achei que também devia dar algo à índia.

Ela nos olhou com surpresa e gratidão, e nos disse:

— Sigam-me!

Encilhamos novamente os cavalos e partimos, precedidos pela índia, que havia montado em um pangaré bem velho:

— Meu marido levou o dele, mas pelo menos deixou o meu cavalo! Certamente esperava que eu fugisse e me unisse a ele. Mas nunca farei isto!

E nestas suas últimas palavras havia um indubitável ar de satisfação.

O Vale Oculto

Capítulo Primeiro

Durante uma hora, marchamos a galope em nossas montarias, por um terreno rico em vegetação. Chegamos então a um bosque que se estendia consideravelmente, tendo a forma de uma ferradura. Ao chegar às primeiras árvores, a índia apeou e vimos que ela amarrava o animal de forma que ele pudesse pastar livremente, mas não ir embora dali. Seguimos seu exemplo e continuamos a segui-la, desta vez a pé.

— Logo estaremos na borda de um buraco profundo — anunciou-nos. — Dali poderão ver o povoado, mas tenham cuidado para que não os vejam!

Seguindo seu conselho, nos abaixamos no solo para avançar nos arrastando, até que vimos abrir-se um abismo debaixo de nós. E mais abaixo, a muitos metros, no solo, estendia-se um tapete verde de grama no qual pastavam uns vinte cavalos e algumas centenas de cordeiros e outros animais domésticos.

— Este é um vale oculto! — disse Winnetou, sussurrando perto de mim.

Aquela espécie de panela enorme tinha uma forma quase circular, elevando-se os penedos que a rodeavam lisos e retos, mais parecendo muros gigantescos construídos por ciclopes. Nós estávamos justamente de frente para a íngreme entrada, a única do vale, e pudemos ver o quão estreita ela era.

Junto à passagem que conduzia ao Arroyo Blanco, elevava-se uma estreita edificação a que Judith havia dado o nome de castelo asteca. E tenho que admitir que Judith estava certa ao chamá-lo assim. O povoado era construído no sistema de terraços sobrepostos, assim como as construções de Acoma.

A parte traseira do povoado apoiava-se nas muralhas naturais de rocha e pude contar oito andares, todos independentes entre si, com seus terraços correspondentes ou plataformas.

No conjunto, aquilo parecia uma colossal pirâmide de quatro lados, da qual só nos era visível a metade, como se a outra estivesse construída dentro da rocha.

De nosso observatório, pudemos ver junto a uma laguna um grupo de índios armados com fuzis, recebendo ordens de um personagem que já nos era conhecido de sobra. Tratava-se de Jonathan Melton, que do terraço do primeiro andar, sentado junto à formosa Judith e com um rifle em suas mãos, parecia gritar-lhes algo.

— Eles estão esperando vocês — disse a índia. — Estão se preparando para a defesa.

— Só contam com este pessoal para a defesa? — disse Emery, com certo desprezo.

— Não, os outros guerreiros estão escondidos atrás das margens do rio, para impedir que vocês retrocedam.

— Certamente Thomas Melton está com os outros índios — opinei.

Impaciente como sempre, o inglês voltou a resmungar:

— Saltamos daqui para agarrarmos pelas orelhas este canalha do Jonathan Melton?

— Saltar não, Emery — retifiquei. — Mas vamos deslizar com os nossos laços. Calculo que desta borda até o último terraço, deva ter uns trinta e cinco ou quarenta metros. Acho que é o melhor que podemos fazer.

— E se olharem para cima e nos descobrirem em

plena descida? — opinou Franz, para quem tais peripécias deviam resultar forçosamente mais arriscadas do que para nós três.

— Nós os enganaremos, fazendo-os acreditar que vamos atacar pela parte baixa. Vamos descer para que eles acreditem nisso, e logo voltamos para cá.

Winnetou voltou-se para a mulher índia, indicando-lhe que podia voltar para sua casa e esperar novas recompensas nossas se tudo saísse bem. Antes de saltar sobre seu cavalo, ela nos informou, para demonstrar sua boa vontade e fidelidade, que o primeiro andar era onde estavam os armazéns e as provisões. Era ali também que estavam alojados Jonathan e Judith, estando Thomas Melton um andar acima deles.

Uma hora mais tarde estávamos bem distantes de nosso posto de observação secreto, tentando fazer com que nossos inimigos pensassem que iríamos tentar entrar no vale pela única entrada que parecia possível. Winnetou nos indicou que, antes de entrarmos em contato com o inimigo, devíamos explorar o local.

Franz Vogel ficou cuidando dos animais, enquanto nós três nos arrastamos como autênticos peles-vermelhas, explorando a zona onde devia estar Thomas Melton com alguns índios yumas nos esperando.

Deste modo chegamos ao vale de penhasco no fundo do qual corria o Arroyo Blanco. O vale formava uma espécie de cilindro, pelo qual descemos com todas as precauções, seguindo em linha reta as águas até que, bruscamente, o terreno inclinou-se para formar um estreito desfiladeiro que conduzia diretamente ao rio.

Ao chegarmos ali, por mais que explorássemos em uma margem e outra, não encontramos ninguém. Só descobrimos os rastros de vários cavalos, indicando-nos que os índios yumas, ou já não nos esperavam ali, ou haviam resolvido partir.

Nosso plano de chamar-lhes a atenção com algum ruído ou disparo, para que nos esperassem na parte baixa, permitindo-nos deslizar com as cordas de cima das rochas, havia fracassado por completo. Ou haviam descoberto nossa intenção ou haviam resolvido mudar o plano de defesa.

Voltamos até onde havíamos deixado os cavalos e fomos nós quem nos surpreendemos: Franz Vogel e nossas montarias não estavam ali! Tinham desaparecido!

Capítulo II

Levado por sua natural veemência, Emery esteve a ponto de arrebentar de raiva. Enfureceu-se e começou a gritar, chamando desesperadamente o jovem violinista desaparecido, que parecia não ter oferecido grande resistência ao ser surpreendido.

Assim indicavam as pegadas dos índios que haviam estado ali, e procurei acalmar a fúria de nosso amigo:

— Acalme-se, Emery; não adianta nada nos desesperarmos.

— Mas prometemos a Maria que iríamos zelar por seu irmão!

— Eu sei, e um cavalheiro como você sempre cumpre suas promessas! Mas não está tudo perdido! Levaram Franz e nossos cavalos, mas ficamos com as armas e as cordas, para tentarmos descer pela parte superior do vale!

— Meu irmão Mão-de-Ferro agora não raciocina bem — atalhou Winnetou. — Uma luta nestas condições já não nos convém. Poderiam matar Franz!

Aquilo certamente aconteceria, se os Melton ficassem sabendo que Franz era o legítimo herdeiro da herança que eles haviam roubado.

Estes pensamentos me preocupavam, e desorientado, recorri à aguda perspicácia de meu amigo apache, perguntando-lhe:

— E o que faremos então, Winnetou?

Surpreendendo a Emery e a mim, com toda a tranqüilidade sentou-se na grama e cruzando os braços sobre o robusto peito, nos indicou:

— Esperar.

— Mas, esperar o que, Winnetou? — insisti, nervoso.

— Capturaram o jovem Franz, mas nós continuamos aqui e o inimigo sabe disso. Não tardarão a enviar um emissário para negociar conosco.

— Como? — explodiu Emery. — Você acha que eles irão impor condições?

— Tentarão fazê-lo, sob a ameaça de sacrificar o pobre rapaz.

Não era uma perspectiva muito lisonjeira, mas o apache realmente não havia se enganado. O ruído de passos nos fez ficar em alerta, e vimos um índio yuma aproximando-se pelo bosque, como se buscasse algo, mas sem tomar as devidas precauções para não ser pego.

Vinha armado com um fuzil, mas a arma estava pendurada em seu ombro, prova inequívoca de que não estava pensando em usá-la naquele momento, já que estava certamente nos procurando para negociar. Foi assim que nós interpretamos a atitude do índio, e acenamos para ele, mantendo contudo as armas prontas, para o caso de aquilo ser alguma armadilha. Deixamos que ele avançasse até Winnetou que, com toda sua soberba estatura, plantou-se diante do yuma.

O índio yuma não pareceu surpreso, e saudou-nos, como certa intranqüilidade:

— Jau! Vejo que tenho diante de mim o grande chefe dos apaches!

— Sim! Fala com Winnetou e ele te pergunta: O que procura aqui? Quem te enviou e o que quer?

— Que o grande chefe apache me permita sentar-me, e eu o direi, respondendo todas as suas perguntas.

Emery e eu os observamos por detrás das árvores, vigiando para o caso de ser uma armadilha, visto que nosso companheiro indicava ao índio yuma para sentar-se, imitando-o. Pareciam duas estátuas de bronze, um de frente para o outro, e Winnetou disse, sempre imperioso, como correspondia a um grande chefe:

— Fale!

— Temos um prisioneiro e nossos chefes dizem que se não...

— Seus chefes? — interrompeu Winnetou, com aberto desprezo em sua voz e atitude. — Desde quando os yumas se rebaixam a ter como chefes dois caras-pálidas assassinos e uma mulher sem-caráter?

O mensageiro, índio também, afinal, algo desconcertado, disse:

— Essa mulher foi a esposa de um dos nossos chefes. Por isso a obedecemos, e também a seus amigos.

— Amigos que os levarão à perdição, gerando uma guerra entre a minha tribo e a sua. Sabe que Winnetou pode lançar mil guerreiros sobre vocês. Esse povoado ficaria arrasado!

— Os yumas não são covardes, nem sentem medo diante da luta!

— Pior para vocês! Não sobrará nem ao menos um para contar a história, a menos que volte e diga que nada de mal acontecerá, se vocês nos entregarem o jovem prisioneiro, a mulher e estes dois caras-pálidas. São suas vidas que estão em jogo!

E Winnetou nem permitiu que ele respondesse, para não encomprirar demais as deliberações, levantando-se e estendendo o braço na direção que o índio havia aparecido:

— Deixa aqui sua arma e vá falar com os seus! Aowgh!

— Mas é que...

— Aowgh! Já falou Winnetou! Fora!

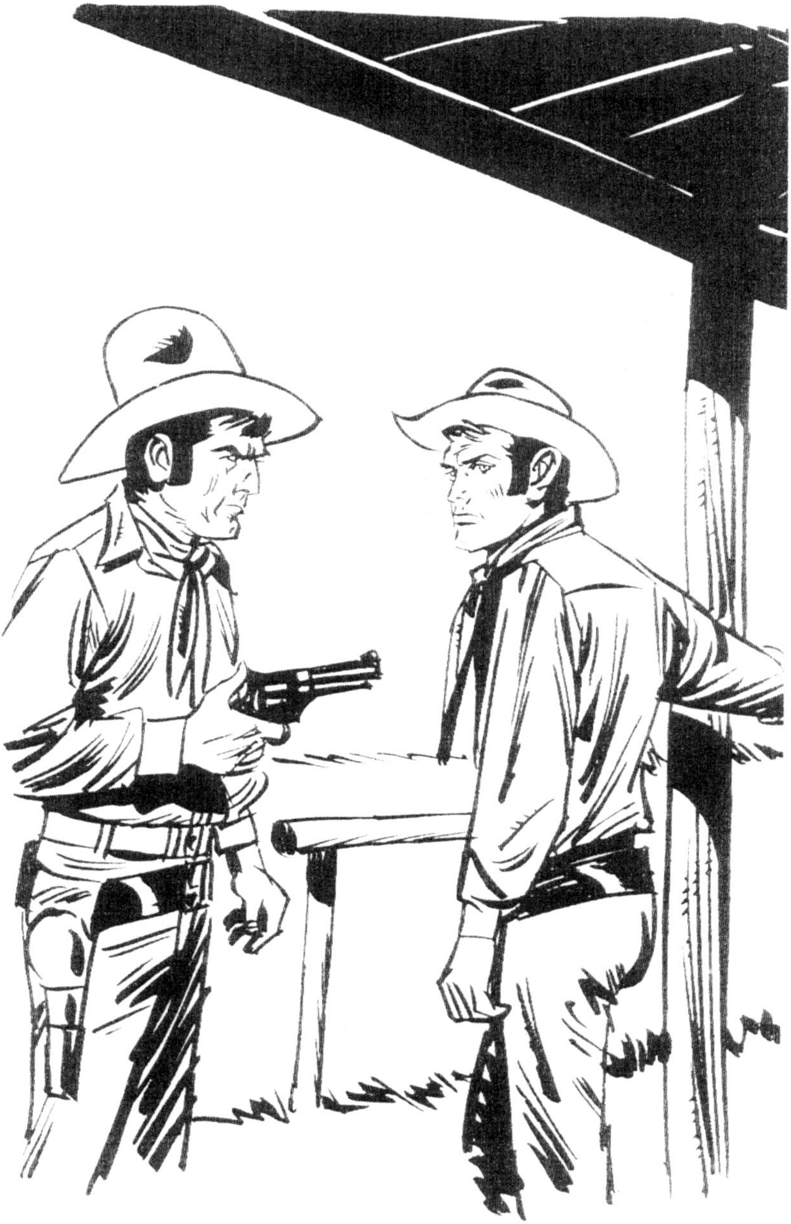

Era digno de se ver Winnetou naquela altiva atitude de grande chefe que dita as ordens e não as aceita de ninguém. Não era em vão que ele era o grande chefe de todas as tribos apache, e aquele simples índio yuma o sabia.

Assim que ele afastou-se, Emery e eu nos aproximamos de Winnetou e o inglês perguntou, sem deixar de observar em todas as direções:

— Você acha que eles vão acatar suas ordens, Winnetou?

— Não — replicou. — Sei o que acontecerá. A discussão se formará entre eles, e isso debilitará a posição dos caras-pálidas e da mulher. Eles virão para nos fazer uma outra proposta.

— Mandarão outro emissário? — quis saber o inglês.

— Eles mandarão a mulher.

— Quem? Judith? Perdoe-me, mas não creio que...

E Emery quedou-se pensativo. Eu também comecei a pensar: nenhum dos Melton se atreveria a vir, e então enviariam a bela Judith, sabendo que não seríamos capazes de atacar uma mulher, nem retê-la entre nós pela força. Uma vez mais, a aguda inteligência de Winnetou se manifestava, e horas depois a própria Judith avançava pelo bosque, seguida de uma criada índia, que trazia uma cadeira dobrável feita de juncos.

Emery quedou-se boquiaberto, e eu pensei que, apesar de estarmos numa região tão distante de toda e qualquer civilização, entre o Novo México e o Arizona, a formosa mulher não se privava do luxo e das comodidades que podia pôr a seu dispor. Como se fosse uma rainha, a rainha do castelo asteca!

Capítulo II

Ao ver-nos ali no bosque, um sorriso de triunfo entreabriu seus lábios vermelhos, e inclinando levemente a cabeça, indicou para a criada que colocasse a cadeira no chão, sentando-se em seguida.

Quando nos aproximamos, com sua voz mais doce, ela nos disse:

— Alegro-me em tornar a vê-lo, Mão-de-Ferro. Comprovo com satisfação que as longas jornadas a cavalo o favorecem.

— Esqueça sua sedução — repliquei, acremente. — Todo este palavrório inútil de nada adiantará.

— E o que pode aparar nossas arestas? — indagou ela, em um tom cínico e debochado.

— Sabe perfeitamente! Estamos aqui para deter Jonathan Melton, aquele impostor assassino, e também seu pai, que não faz muito tempo tirou a vida de seu próprio irmão, Henry.

Aquilo pareceu impressioná-la, mas só por um breve momento. Pestanejou e com certo nervosismo disse:

— Pois não poderão deter ninguém! Ou são loucos o bastante para pensarem que vão conseguir entrar em minha fortaleza?

— Acredite ou não, dou-lhe minha palavra que tentaremos.

— Isso sim que é um palavrório inútil! — disse ela, divertida. — Temos armas, e já lhes disse: meu castelo é inexpugnável!

Fez uma pausa, antes de acrescentar, como se tirasse a última carta da manga:

— Isso sem contar que temos em nosso poder seu jovem e bonito amigo, e nada nos impedirá de eliminá-lo, se vocês não colaborarem.

— Com isso só conseguiriam aumentar os crimes que já pesam contra vocês. E saiba que essa herança, que você ambiciona tanto a ponto de casar-se com Jonathan Melton, ainda continuaria tendo um herdeiro legítimo: Maria, a irmã de Franz, seria a única e legitima herdeira.

— Quero que saiba que, pessoalmente, nada tenho contra esse Franz. Mas Jonathan e seu pai certamente o matarão, se eu retornar sem ter conseguido firmar um acordo com vocês.

— Que tipo de acordo?

— Muito simples: vocês recuperam seus cavalos e o jovem Vogel. Ele receberá cem mil dólares e o senhor dez mil, senhor Mão-de-Ferro. Pense em todo este dinheiro, meu amigo. Em troca, não pedimos nada além de...

Judith interrompeu o que estava falando, o que provocou a impaciência de Emery:

— Ande, ande! O que pedem em troca?

— Que se esqueçam disso tudo para sempre. Para que alongar mais essa inútil perseguição aos Melton, que já vem desde o longínquo Egito?

— Justamente porque nos custou muito trabalho tê-los enfim encurralados. Não vamos aceitar acordo algum — voltei a intervir.

— Isso mesmo! — reforçou Winnetou, muito sério. — O que começamos, sempre terminamos.

— Mas, estão loucos? Irão matar o jovem Franz!

— Se eles tentarem, se tocarem um só fio de seu cabelo, ninguém sairá com vida dali.

Ela ainda tentou protestar, mas apontei meu rifle para sua garganta, e mudando o tom de minha voz:

— Ande logo, senhora! Vai ter a grande honra de levar-nos a seu lindo castelo asteca, como "convidados". Levante-se, ou vou matá-la aqui mesmo!

— Como? Mas eu... eu... Eu sou um emissário! Não podem fazer isso!

— Quem disse que não? Seus amigos têm alguma regra ou consideração? São criminosos natos e se portam como tais! E advirto-lhe que tem só dois segundos para decidir-se!

Visivelmente confusa, Judith permaneceu calada.

— Agora só um segundo! — afirmei taxativamente.

Emery postou-se ao lado da criada. Então Judith levantou-se, e partiu em direção ao castelo. Lógico que sabíamos que assim que entrássemos no desfiladeiro seriamos vigiados. Mas calculávamos que se disparassem contra nós, ela seria a primeira a morrer, já que estava nos servindo de escudo. Isso os deteria, mas mesmo assim engatilhei meu rifle.

Emery e Winnetou nos seguiam, também com as armas em punho, sempre vigilantes e alertas ao menor sinal de alarme.

Esta não era uma situação muito agradável.

Nós três sabíamos, mas não tínhamos escolha. Inclusive, estávamos tendo muita consideração com inimigos da espécie dos Melton; estávamos proporcionando-lhes uma série de vantagens, que eles sempre sabiam como aproveitar.

Mas agora isto havia terminado, ainda mais estando em perigo o irmão de Maria.

Eles não iriam assassinar covardemente o jovem Franz!

No Castelo Asteca

Capítulo Primeiro

O caminho ia estreitando-se cada vez mais e não demoramos a ver alguns índios que estavam de sentinela no alto de alguma rocha, ou meio ocultos entre o matagal. Eles não podiam disparar sem correr o risco de ferir a mulher, que continuava servindo de escudo, e eu, para amedrontá-los ainda mais, com a mão esquerda comecei a disparar o meu revólver.

Ao ouvir o estampido de meus disparos, começaram a correr, desaparecendo na estreita passagem entre as rochas que conduziam ao Arroio Branco, a única entrada do povoado.

Chegamos assim ao lugar crítico daquela passagem, e Judith, soltando-se de minha mão com um brusco safanão, desapareceu rapidamente, provavelmente calculando que eu não iria disparar nela. Emery, que ia atrás, gritou:

— Ela está escapando! O que está fazendo, homem?

— Deixe-a — disse-lhe. — Não somos assassinos como eles, não posso matar pelas costas uma mulher.

Mas agarrei a criada pelo pulso, que ainda segurava a cadeira de Judith, e disse-lhe:

— Vai entrar lá dentro e vai falar com os seus. Irá dizer-lhes que, mesmo sendo somente três, nós podemos acabar com eles. Dispomos de três rifles e seis revólveres, além do meu rifle de repetição, do qual Thomas

Melton deve recordar-se bem. Isto quer dizer que podemos disparar sessenta vezes, sem precisarmos carregar as armas! É chumbo suficiente para que todos caiam!

Soltei a criada, e Winnetou então aproximou-se, acrescentando uma séria advertência:

— Quero que leve também aos seus uma mensagem de Winnetou: se não se misturarem a esta luta, nada irá lhes acontecer, e a vingança das tribos apaches não cairá sobre eles. Mas se não for assim, se eles continuarem colaborando com estes caras-pálidas e esta mulher, meus guerreiros irão vir, e nenhum de vocês escapará com vida.

E então acrescentou, imperiosamente:

— Pode ir, mulher! Mas diga aos seus que pensem bem!

E a índia também desapareceu, assim como Judith. Winnetou virou-se para nós, dizendo para Emery:

— Meu irmão ficará aqui! Temos que colocar nosso plano em ação antes!

— A que se refere? — quis saber o inglês.

— Mão-de-Ferro e Winnetou irão até o alto, e deslizarão pelas cordas até a fortaleza. A noite está chegando e não poderão nos ver, além disso, eles acham que estamos vigiando-os neste local. Mas temos de agirmos rapidamente, para que não possam reagir ou organizar a fuga!

A pressa do apache justificava-se, já que não tínhamos cavalos. A distância até o alto das montanhas era grande e o tempo corria contra nós. Emery assegurou-nos que não deixaria ninguém sair com vida por ali, e que ele daria conta, sozinho, de detê-los, ao menos enquanto tivesse munição. Combinamos que um disparo de meu rifle seria o sinal de que algo nos havia ocorrido, mas que nada fizesse se não ouvisse o disparo de minha arma, cujo ruído era bem característico e conhecido do inglês.

Durante uma hora e meia, Winnetou e eu caminhamos sem descanso e sem trocar uma só palavra, esforçando-nos para chegar até o alto das montanhas, cuja borda debruçava-se sobre o interior daquele vale fechado, onde estava o "castelo" asteca de Judith. Levamos a corda de Emery, e depois de buscarmos o local mais conveniente para deslizarmos até lá embaixo, amarramos um dos extremos da corda num grosso tronco de árvore.

Winnetou foi o primeiro a descer, pois sempre que podia, chamava a si o maior perigo. Eu desci lentamente, mas ao chegar junto ao apache, minhas mãos ardiam como brasas, devido à aspereza da corda e o enorme peso que tiveram que suportar, pois estava levando em meus ombros dois rifles, para o caso de termos que atacar uma horda de índios yuma.

Finalmente alcançamos a plataforma superior, ficando a uma curta distância de nós uma das escadas da fortaleza. Nós usamos a escada tentando fazer o menor ruído possível e assim, andar por andar, fomos descendo cada vez mais pela formidável fortaleza asteca.

Os andares tinham mais de dois metros e meio, e não constituía nenhum obstáculo descê-los sem escada, mas tínhamos que evitar os saltos para não fazermos ruído, e por isso nos arrastávamos até a borda dos terraços até que chegamos a um do qual, pelo buraco do teto, saíam tênues reflexos de luz.

Precisamente naquele andar, Winnetou teve o azar de tropeçar, caindo de joelhos sobre o chão, escutando no mesmo instante uma voz no interior do aposento, que indagou:

— Quem está aí?

Era a voz de Thomas Melton.

Contendo a respiração, esperamos agachados. Quando ele não recebeu resposta, nós o escutamos a subir pela escada que comunicava o interior do quarto com a plataforma. Saiu pela abertura e deu alguns passos, aproximando-se da borda e olhando para baixo, onde alguns yumas estavam em volta de uma fogueira. Neste instante compreendemos o perigo que enfrentávamos, e decidimos agir: se ele chamasse os índios, ordenando-lhes que subissem, Winnetou e eu estaríamos perdidos.

Lutarmos nós dois naquela plataforma, contra todos os que podiam subir até ali, era muito perigoso. Certamente nossas armas eram melhores e mais rápidas. Mas não nos interessava matar os yumas, que já tinham seus próprios problemas, tendo que decidir entre manter obediência à mulher e enfrentar a ira apache, ou então evitar a ira apache mas enfrentar a vingança da viúva do grande chefe. Mas o certo era que: se a luta começasse, e nós matássemos algum índio, eles não hesitariam em tentar acabar conosco.

E o pior é que isto não era impossível de acontecer.

Assim é que, sem pensar mais, lancei-me como um tigre sobre a sombra de Thomas Melton, golpeando-o com ambas as mãos na nuca, e no mesmo instante amparei seu corpo e o depositei no terraço. Winnetou inclinou-se sobre ele, que estava desmaiado, e perguntou-me:

— O que vamos fazer agora?

— Descer até o quarto dele. Se o deixarmos aqui, estamos sujeitos a que alguém o veja, e dê o alarme.

Descemos até o quarto de Melton, carregando-o. Aquele grande canalha e assassino havia finalmente caído em nossas mãos!

Ao chegarmos no quarto vimos que este não tinha nada mais além da escada e de uma cadeira. À direita haviam várias aberturas, que davam para outros cômodos também pobremente mobiliados. Num deles havia um leito, uma mesa rústica e uma lamparina. Fui até a cama, e com minha faca rasguei as mantas, para fazer amarras e uma mordaça para o nosso prisioneiro. Winnetou teve uma idéia genial: tombou a mesa, colocando o prisioneiro ali, e amarrando-o às pernas da mesa.

Isso tornava praticamente impossível que ele conseguisse soltar-se ao recobrar os sentidos. E gritar também não iria conseguir, já que estava amordaçado...

— Ficará numa posição incômoda, mas creio que coisa muito pior o espera — comentei, ao terminarmos o trabalho.

Era certo: aquele canalha merecia mil vezes a forca, e a lei seria rigorosa com ele, se conseguíssemos sair bem daquela aventura.

Capítulo II

Pouco depois apagamos a lamparina e voltamos a subir para o teto, chegando à plataforma seguinte.

Também saía um vivo resplendor por aquele buraco que servia de porta, e ao entrarmos, pudemos ver quatro pés, dois deles calçados com botas masculinas e outros dois calçados com preciosos sapatos de salto. O casal, ao que parece, devia estar sentando junto em um mesmo banco, que não conseguíamos distinguir.

Mas suas vozes nos chegavam claramente, e pudemos ver que era realmente Jonathan Melton quem estava ali:

— Logo logo daremos cabo destes três imbecis!

— E se eles não saírem da entrada! — disse a voz inconfundível da linda Judith.

— Vão se cansar antes de nós. Temos comida para meses e meses, e toda a água que necessitamos. Estes índios estúpidos já estão metidos nesta confusão, e não vão poder deixar de nos ajudar.

— Mas muitos deles já vacilam: ouvi comentar que temem uma vingança da tribo apache. Winnetou os ameaçou com isto...

— Devíamos arrancar a língua de sua criada! — disse brutalmente Melton. — Ela só conseguiu aterrorizar os homens trazendo o recado daquele índio imundo.

— Não podemos tentar uma outra saída?
— Podemos, Judith, podemos... Mas esses três possuem boas armas. Muitos morreriam, e seria difícil avançarmos pela estreita abertura da montanha. Isso os assustaria ainda mais!

O silêncio caiu sobre os dois. E dentro em pouco, Melton disse novamente à mulher, um pouco mais carinhoso:

— Não se preocupe, querida. Nós sempre achamos uma saída!

Ao ouvir aquilo, inclinei ainda mais a cabeça para não perder uma só palavra, pensando ser muito possível que Judith e Jonathan conhecessem alguma saída secreta do vale. Mas então senti a pressão da mão da Winnetou em meu braço, sussurrando-me ao ouvido:

— Vamos embora! Alguém está vindo!

Eu não havia escutado nada, mas tinha a maior confiança na audição do apache. Afastamo-nos da abertura daquele andar, detendo-nos no terraço para escutarmos. O silêncio da noite era absoluto, só interrompido pelo chiado do fogo que os índios haviam acendido lá embaixo.

Só então consegui distinguir um ruído surdo de pés descalços sobre o terraço; eram dois yumas que efetuavam sua ronda e avançavam em nossa direção. Disparar era impossível, porque isso iria denunciar nossa presença para Jonathan Melton. Com aquele assassino não se podia jogar, e sabíamos que se chegasse a nos descobrir ali, nos mataria sem pensar duas vezes.

Os dois índios estavam cada vez mais próximos e não tardariam a descobrir nossos vultos no terraço, apesar da escuridão da noite. Saltamos sobre eles, golpeando-os o mais forte que pudemos. Consegui segurar um deles, para que não caísse no chão, e imediatamente apertei sua garganta, para que não gritasse. Mas Winnetou não teve a mesma sorte, e não conseguiu evitar que o outro gritasse:

— Socorro! Socorro! Winnetou! Winnetou!

Quando finalmente o calou, o alarme já havia sido dado. Os gritos dos índios que estavam em volta da fogueira já se ouviam, e perguntei ao meu companheiro:

— O que faremos agora?

— Vamos jogar estes dois lá embaixo! Depressa! Depressa!

Assim o fizemos porque não tínhamos tempo de amordaçá-los e amarrá-los. Seus corpos caíram surdamente sobre o outro terraço, e então corremos sem evitar os ruídos de nossos passos. Vimos Jonathan Melton subir ao terraço, com o revólver em punho, gritando ao nos reconhecer, e disparando a torto e a direito:

— Mil diabos! São eles! O apache e Mão-de-Ferro!

As balas passavam sibilando junto a nossas cabeças e achamos prudente nos afastarmos. Mas o covarde não nos seguiu. Quando nos demos conta, ele já havia entrado novamente, tirando a escada para impedir que descêssemos.

Enquanto isso, ouvimos os outros andares encherem-se de vozes de homens, mulheres e crianças. Alguns corriam de um lado para o outro, gritando assustados, o que nos deu alguma esperança:

— Os apaches! — gritou uma voz feminina. — Winnetou os lançou contra nós!

Eles acreditavam que os apaches os estavam atacando de surpresa. Isso nos permitiria ganhar tempo, até que se dessem conta de que só haviam ali dois homens. Dois loucos aos quais eles podiam facilmente vencer e aprisionar.

Winnetou também interpretou assim o grito da mulher, e aproximando-se da borda do terraço, gritou com toda a força de seus pulmões:

— Sim! Aqui estão os apaches do grande Winnetou! E aquele que tentar lutar contra ele ou seu irmão Mão-de-Ferro irá para os campos de caça eternos com uma bala na cabeça.

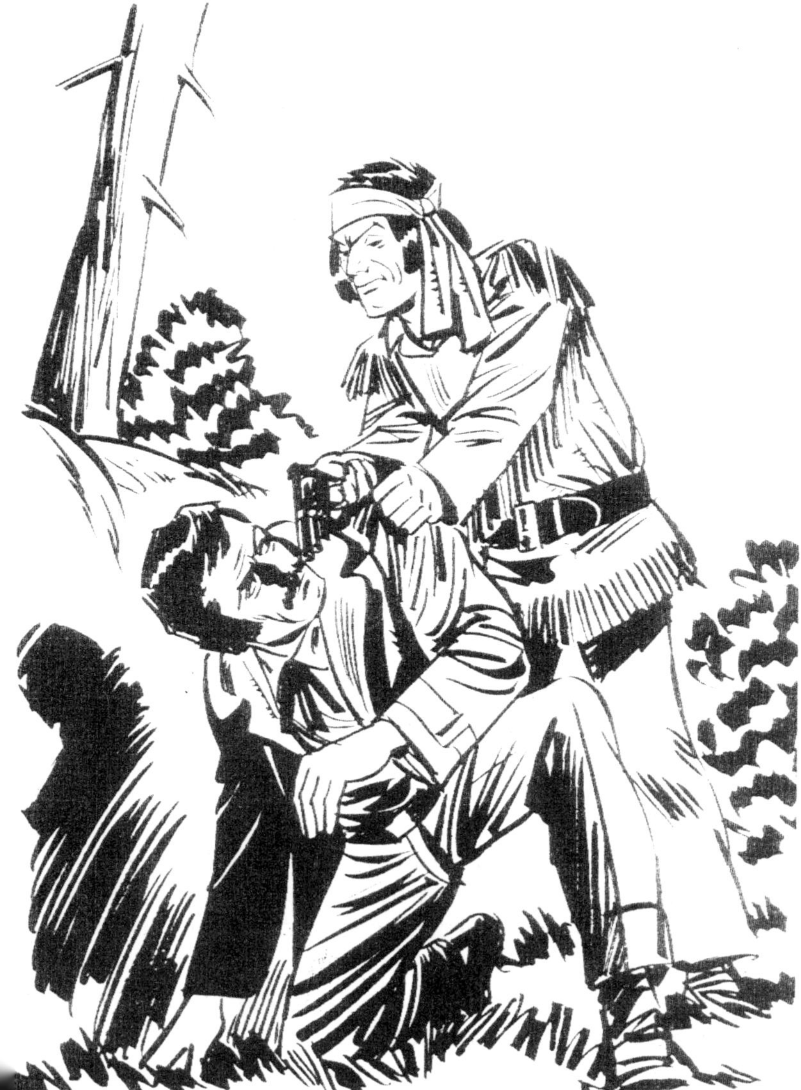

Um profundo silêncio seguiu-se às suas palavras. Não podíamos ver o que acontecia nos andares superiores, mas a tranqüilidade que reinava neles nos fez pensar que muitos haviam obedecido à ordem de Winnetou. Eu sempre comprovei, em minhas aventuras pelo Oeste, que a influência de Winnetou sobre os índios era enorme, tanto por seu prestígio como chefe das tribos apache, como por seu indubitável valor pessoal e pela fama que ultrapassava as barreiras daquele mundo primitivo, chegando até aos mais distantes estados do Leste, e até mesmo fora daquele grande país.

Winnetou olhou para baixo, observando que alguns dos yumas que estavam em torno da fogueira tentavam subir pelas escadas, gritando-lhes:

— Voltem para junto da fogueira. Obedeçam!

As ameaças de Winnetou não eram vãs, e para demonstrar-lhes isso, Winnetou mirou o pé de um índio que continuava a subir com um rifle na mão e disparou, ferindo-o. E um grito de dor se fez escutar!

O estampido da famosa espingarda de prata de Winnetou infundiu respeito e temor aos demais, que rapidamente regressaram para junto do fogo, apertando-se uns contra os outros. E sem deixá-los pensar, meu amigo continuou:

— Quem é o chefe de vocês aqui? Que se adiante uns passos!

Nenhum daqueles índios respondeu, nem sequer moveram-se. Winnetou fez-me um sinal e ao juntar-me a ele, me sussurrou surdamente, para não ser ouvido pelos demais:

— Faça uma demonstração de sua pontaria com o seu rifle mágico, meu irmão!

— Diga-me do que se trata, amigo — perguntei no mesmo tom de voz.

Mas ele não preocupou em explicar-me para não perdermos tempo. Não podíamos deixar os yumas se organizarem, e então Winnetou anunciou-lhes da borda do terraço:

— Mão-de-Ferro vai mostrar que todos podem morrer atingidos por seu rifle! Vejo cinco troncos ardendo nesta fogueira e os cinco receberão uma bala! Vejam!

Ao começar Winnetou seu discurso, já havia colocado sobre o ombro meu rifle de repetição, disparando cinco vezes seguidas, o mais rapidamente que pude. Afortunadamente para nós, e graças a minha boa pontaria da qual posso me orgulhar, por ser excelente, os cinco troncos saltaram da fogueira, mudando de lugar ao receberem o impacto de minhas balas e fazendo o fogo crepitar vivamente.

E então, uma exclamação assombrada chegou aos nossos ouvidos:

— Uf! Uf!

— Hum! Oh!

Antes que terminassem os murmúrios de assombro, Winnetou voltou a gritar:

— Já conhecem a pontaria de Mão-de-Ferro! Ele pode acertar o coração de vocês, que deixariam de bater imediatamente! Obedeçam todos!

Uma voz levantou-se do grupo dos yumas, perguntando:

— O que Winnetou deseja de nós?

— Os caras-pálidas que estão aqui, e a mulher!

— Não podemos entregá-los a Winnetou! — replicou a mesma voz. — Prometemos protegê-los e os yumas não deixam jamais de cumprir sua palavra!

— Pior para vocês então! — ameaçou Winnetou.

E o apache gritou então, para que todos pudessem ouvir, ordenando:

— Torne a disparar, Mão-de-Ferro! Mas agora, mire o coração destes yumas!

Levantei meu rifle, sem intenção de fazê-lo, é claro. Um alarido elevou-se então até nós:

— Não! Não! Não dispare!
— Eu não o farei. Winnetou não quer ferir os yumas, e nem pretende que eles não cumpram o que prometeram. Mas não poderão intervir quando nós buscarmos estes homens. Dão sua palavra a respeito disso?

Não puderam responder, porque inesperadamente foram novamente pegos de surpresa, ao verem Emery entrar pela estreita abertura, disparando seu rifle e gritando:

— Aqui estou! Começo a despachar estes velhacos?

Por um instante, temi que a veemência de nosso amigo botasse tudo a perder. Emery era sempre muito impulsivo e isto podia levá-lo a matar ou ferir vários daqueles índios que ali estavam sendo "domados" pelas palavras e pela grande influência que Winnetou tinha sobre eles.

Mas já se sabe que quando o homem vê-se atacado, o desespero o leva a se esquecer de tudo e defender-se.

É o instinto da preservação...

Capítulo III

Aturdidos pela nossa inesperada aparição no interior da fortaleza, os yumas ficaram completamente assombrados pela intervenção de Emery e pelos disparos que ele fez para o alto. Nenhum deles teve ânimo para fazer uso das armas que levavam. Além do mais, elas eram tão velhas que eles sabiam levar ali uma enorme desvantagem.

Isto permitiu a Emery subir sem nenhuma dificuldade até onde estávamos, perguntando-nos com a respiração cansada:

— Vejo que tudo saiu bem, amigos. Onde estão os Melton?

— Primeiros estamos cuidando destes índios — adverti, sem deixar de fazer pontaria em direção à fogueira.

— Se não conseguirmos que eles nos obedeçam, será como termos cem olhos sobre nós, impedindo-nos de agir.

Naquele instante, Winnetou viu que um dos yumas caminhava em nossa direção com um *calumet* em suas mãos. Compreendendo sua intenção, o apache gritou:

— Suba! Winnetou e seus amigos aceitam fumar o cachimbo da paz com os valentes yumas. Não é isso o que querem?

— Sim. Esta luta não nos interessa! Podemos subir?

— Somente você — ordenou prudentemente o apache.

Imediatamente o homem subiu, levando o cachimbo e o tabaco nas mãos, e nós procuramos abreviar o mais possível aquela cerimonia costumeira nestes casos, e que mesmo assim me pareceu muito longa. Mas já podíamos nos considerar seguros, pelo menos no que dizia respeito a eles, já que, segundo minhas experiências, era muito raro os índios deixarem de cumprir uma palavra empenhada.

— Winnetou pode pedir nossas armas, se assim o desejar — disse aquele índio. — Isso será a prova de nossas intenções pacíficas.

— Quer também dizer-me como podemos capturar ao cara-pálida chamado Jonathan Melton?

— Não, isso não posso fazê-lo — negou solenemente. — Demos nossa palavra que não iríamos entregar o pai e o filho.

— Winnetou os compreende. Onde estão nossos cavalos?

— Estão pastando junto aos nossos.

— Esvaziaram os nossos alforjes?

— Sim, os caras-pálidas estão com suas coisas em seu poder.

— E o jovem branco que fizeram prisioneiro.

— Também está com eles. Não sabemos onde eles o mantêm.

— Está ferido?

— Não. Foi surpreendido e não opôs resistência. Vou dizer aos meus que entreguem as armas.

A entrega dos fuzis e das facas, espontaneamente, era um ato muito próprio para que se dissipassem quaisquer suspeitas a respeito de sua atitude. No fundo, eles não se importavam com aquela disputa, e desejavam não ter que sofrer a ira das tribos apache. O efeito que Winnetou tinha sobre eles era realmente eficaz. Mas entre a cerimônia da paz, a conversa e a entrega das armas, tínhamos perdido um tempo precioso.

Mas tudo havia saído melhor do que esperávamos, e podíamos nos dar por satisfeitos.

Ao menos, estávamos todos vivos.

Isto era o mais importante!

A Cisterna Subterrânea

Capítulo Primeiro

Quando terminamos nosso acerto com os yumas, colocamos Emery a par de todo o sucedido. Mostrei-lhe então a abertura pela qual Jonathan Melton havia tentado nos matar:

— Agora, temos que descer por ali!
— Sim, é o que temos que fazer — replicou Emery. — Eu vou descer primeiro e...
— Meu irmão ficará aqui, guardando as armas dos yumas — anunciou Winnetou, num tom que não admitia discussão.

O apache pegou sua espingarda de prata, examinou seus revólveres, e eu fiz o mesmo. Para uma caçada daquela natureza, o melhor era levarmos todas nossas armas. Entrei então por aquele buraco, sabendo que a morte podia estar me aguardando ali.

A escada havia sido retirada, e Emery e Winnetou me seguraram para que eu não me esborrachasse no chão, e com mil precauções enfiaram a cabeça pelo buraco para darem uma olhada, antes de descerem. Quando entrei ali, vi o banco onde antes haviam estado sentados Jonathan e Judith, uma mesa e duas cadeiras, assim como as cortinas que serviam de porta de acesso aos quartos da direita e esquerda daquele rústico aposento. Mais tarde fiquei sabendo que o quarto da direita era o de Judith e o da esquerda era ocupado por Melton.

Um ligeiro movimento por trás da cortina do quarto fez-me parar, e então vi aparecer uma mão empunhando um revólver. Instintivamente lancei-me ao chão para escapar do disparo da arma.

Não sabia se quem havia disparado era a mulher ou o homem, mas sei que um dos dois não hesitava em tentar me matar. Fingi que havia sido atingido, começando a lançar gemidos lastimosos, que devem ter assustado e muito aos meus amigos. Esta encenação deu o resultado que eu queria, porque as cortinas se abriram e revelaram meu agressor.

Era Judith!

Olhando para cima, certamente sentindo-se segura pela posição que ocupava, já que do buraco no teto não podiam enxergá-la, avançou para mim com uma vela numa mão e na outra o revólver. E esta foi sua perdição.

Movi uma das mãos rapidamente, agarrando suas pernas com um forte puxão. A formosa judia caiu quando eu já me erguia arrebatando a arma de sua frágil mão. Seus olhos relampejaram com fúria, à tênue luz da vela caída no chão.

Já desarmada, a saudei com cinismo ao comentar:

— Péssima pontaria, princesa! Seu noivo também falhou antes. Aliás, onde está aquele canalha?

— Nunca o direi! — grunhiu, esperneando como uma gata raivosa.

Naquele momento Winnetou entrou no quarto, e aproximando-se de nós, levantou a vela para melhor iluminar o aposento. Seus olhos perfuraram a mulher, e surdamente o escutamos dizer:

— Se você o tivesse matado, não viveria muito mais...

— Ora! — tentou ironizar a situação a formosa mulher. — O famoso e valente Winnetou não iria disparar numa dama.

— Você não é uma mulher, nem uma dama — repliquei. — É uma víbora muito perigosa!

Não podíamos perder mais tempo, e ao entrar nos quartos, a primeira coisa que Winnetou fez foi correr para revistar debaixo das camas, já que de um canalha covarde como Jonathan Melton não se podia duvidar de nada. Ali ele não estava, mas encontramos um alçapão que havia debaixo de uma das camas, e que sem dúvida devia conduzir a algum lugar.

E essas suspeitas só aumentaram ao vermos o movimento nervoso da mulher, que estávamos segurando fortemente, para que ela não tentasse outra fuga.

Winnetou inclinou-se, e ao levantar o alçapão de madeira, descobrimos uma escada. Obriguei Judith a ir na frente, forçando-a a descer até que chegasse a um sótão. As paredes eram de argila e estavam cobertas de mofo, minando água, segundo pudemos ver com a ajuda da vela. O reflexo da água naquela escuridão me chamou a atenção, dando-me conta de que aquilo era uma cisterna, ou uma espécie de depósito de água subterrânea.

Ao examiná-lo mais atentamente, vimos que o depósito era bem grande e que seu extremo desaparecia debaixo de uma espécie de túnel. Isto fez o apache dizer:

— Mão-de-Ferro lembra-se da cisterna que há na parte exterior do castelo, certamente no mesmo nível desta?

— Sim, e estou pensando o mesmo: devem comunicar-se. Um homem que saiba nadar bem debaixo d´água, creio que poderá sair perfeitamente para o exterior. Melton deve ter fugido por aqui.

— Silêncio! Meu irmão ouviu um suspiro?

Winnetou sempre demonstrava ter um ouvido muito mais afiado do que o meu. Começamos a procurar naquele sótão e com a ajuda da vela distinguimos um vulto no chão. Era um homem, e estava com os pés e mãos amarrados, com uma mordaça que o impedia de gritar, mas não de respirar.

Era o nosso jovem amigo Franz Vogel!

Tratamos de livrá-lo logo daquelas incômodas amarras e mordaça, exclamando ao ver-se livre:

— Graças a Deus! Pensei que iriam embora sem me escutar! Estavam tão ocupados examinando a cisterna...

Quando libertamos Franz, voltamos ao lugar onde havíamos deixado Judith, mas ela, esperta com uma raposa, já não estava li. Winnetou fez um gesto de desgosto, mas logo a esqueceu. A judia já não mais nos interessava.

Mas o que nos preocupou foi que a escada que unia o subterrâneo ao piso superior tinha desaparecido!

— Agora ficou difícil! Estamos presos aqui! — exclamei.

— Estamos perdidos! — lamentou-se Franz. — Não podemos sair daqui

— Não será assim, se fizermos um pouco de malabarismo. Vamos subir nos ombros uns dos outros, e será fácil chegarmos à tampa do alçapão.

Dei o exemplo carregando Winnetou, que por sua vez ajudou Franz a subir até o alto. Mas a astuta Judith havia feito algo mais, além de escapar levando a escada. Havia posto algo pesado em cima do alçapão, e não conseguíamos abri-lo de forma alguma.

Fatigados, suando em bicas, enquanto recobrávamos o alento depois de tanto esforço, o jovem Franz novamente se queixou:

— Jamais sairemos desta ratoeira!

Eu olhei para a vela, que não iria durar muito mais. E uma das piores coisas a se enfrentar é a escuridão.

Capítulo II

Winnetou então falou, com uma voz que ecoou no aposento subterrâneo

— Vamos ter que entrar na água e nadar em busca de uma saída.

— Na água? — perguntou Franz, olhando para a cisterna.

— Sim, meu amigo — aprovei eu. — Este deve ter sido o caminho que Melton utilizou para fugir. E se ele o fez, nós também podemos fazê-lo. Você não viu se ele passou por aqui?

— Várias vezes vi algumas luzes, mas não consegui ver quem estava descendo. Nesta escuridão, estava como que anestesiado.

Aproximamo-nos da borda da cisterna e tiramos os sapatos, envolvendo os revólveres com nossas camisas, para que não se molhassem muito. E entramos naquela água fria que nos chegou até o peito. Eu abria caminho, suspendendo o pouco que restava da vela sobre minha cabeça, ainda que às vezes tivéssemos que nos abaixar até o queixo, porque o teto daquele lúgubre lugar era mais baixo em determinadas partes. Minutos mais tarde notei uma luz tênue à frente, como se um fogo oscilasse.

Pouco depois já podia distinguir alguns ramos de árvore e notei que algo me impedia de continuar. Com a mão que estava livre, tirei as plantas aquáticas, e logo não tardamos a estar livres novamente.

Estávamos ao ar livre! E no Arroyo Blanco, que estava no mesmo nível da cisterna subterrânea.

— Tivemos sorte! — disse Franz, respirando fundo.

Quando alcançamos terra firme, ensopados, colocamos novamente as camisas e Winnetou e eu pegamos os revólveres, dando um deles para Franz:

— Queira Deus que não tenha que usá-lo. Mas se for obrigado a isso, não duvide em apertar o gatilho! — recomendei.

Cautelosamente nos dirigimos até onde ardia a fogueira, dando um susto fenomenal a três ou quatro yumas que dormitavam por ali. De um salto levantaram-se, mas ao reconhecerem Winnetou, este lhes disse:

— Continuem dormindo. Nós vamos dar um passeio.

Aqueles pobres yumas, muito supersticiosos, devem ter pensado que o grande chefe apache era realmente um ser sobrenatural. Eles o tinham visto em cima da fortaleza, gritando-lhes ordens, e agora, o viam aparecer nas águas do Arroyo Blanco, como se surgisse das profundezas da terra.

Quando chegamos até o terraço onde Emery nos esperava, e depois de contar-lhe o ocorrido, alertei-o:

— Certamente ela tentará agora prender você. Afinal, só falta você, já que ela nos crê bem presos na cisterna.

— E para que ela vai tentar me prender? — disse Emery.

— Para ficar mais tranqüila. É esperta e astuta como uma raposa. Tentará colocar-nos fora de seu caminho, para que ela possa encontrar seu querido Jonathan.

— Isso significa que ela sabe onde ele se encontra.

— Claro que sim, Emery.

— Mas não haverá jeito de fazê-la falar — disse o inglês. — E nenhum de nós é capaz de submetê-la a um castigo corporal para obrigá-la. Há certas coisas que um cavalheiro não pode fazer nunca...

— Nem você, nem nós — tranqüilizei-o. — Mas vamos agir com mais astúcia que ela!

— Meu irmão tem algum plano? — perguntou Winnetou.

— Sim, fazer Judith descer até lá, se ela realmente for atrair Emery para a armadilha. Ela tentará conduzi-lo até onde pensa que estamos.

— E uma vez feito isso?

— A poremos junto com Thomas Melton. O canalha ainda deve estar amarrado naquela mesa, amordaçado. Emery ficará montando guarda junto a eles, mas fingirá que adormeceu, e eles falarão. Estou certo de que ficaremos sabendo de algo!

Como os índios yuma, fiéis ao pacto feito conosco, em nada nos incomodavam, pudemos realizar nosso plano sem pressa, e com suficiente preparação. Franz, Winnetou e eu subimos, para trazermos Thomas Melton até o segundo andar, onde Emery encontrou Judith e fingiu estar preocupado com nossa demora, escutando dos lábios daquela mentirosa:

— Não se preocupe: estão revistando todos os quartos de meu castelo asteca. Estão tentando achar Jonathan... Mas não o encontrarão!

Mais tarde, Emery me disse que eu não me equivoquei ao dizer que ela tentaria desfazer-se do inglês, já que mostrou-lhe o alçapão por onde havíamos descido ao sótão onde estava a cisterna, dizendo:

— Por aí é que se vai para os outros aposentos: se o senhor quiser revistá-los, pode fazer. Aí está a escada.

Naquele instante entramos no quarto com o prisioneiro, que ainda levava a mordaça para não gritar; e a mulher, ao nos ver, não pôde conter sua ira, despejando-a sobre mim:

— O senhor é o próprio demônio, Mão-de-Ferro! Como conseguiu escapar dali?

— Suspeito, minha "querida" Judith, que utilizamos o mesmo caminho que o seu noivo. Não vai nos dizer onde ele está?

— Nunca! Nem se me matarem!

— Não tema, "senhora" — disse com desdém Emery. — Somos perfeitos cavalheiros, incapazes de tocar um só fio de cabelo de uma dama. Claro que o mesmo não acontece com os homens: este safado do Thomas Melton... Se nós o apertarmos, ele cantará como um galo!

E ao terminar o inglês de dizer isto, Winnetou pegou sua grande faca de caça e, de uma forma bem significativa, tirou a mordaça do aterrado Thomas, que não tirava os olhos daquela brilhante lâmina.

Capítulo III

Quando Winnetou queria, sabia mostrar-se feroz, e com uma voz surda, picando nosso prisioneiro com a ponta da faca, perguntou:

— Irá falar?
— Não! — balbuciou o homem.
O apache voltou-se para nós e, intencionalmente, pediu a Emery:
— Tire a mulher do quarto! Não quero que me veja degolar este verme.
Emery já se dispunha a cumprir a ordem, quando vencido pelo medo, Thomas Melton começou a gritar:
— Não! Não!
— Não o que? — voltou-se para ele, ameaçadoramente, o apache, sempre com a faca nas mãos.
— Eu direi tudo! Tudo! Eu não quero morrer! Posso dar-lhes muito dinheiro se me perdoarem. Eu...
— Cale-se, covarde! — gritou a mulher.
— Não quero! — gritou o prisioneiro para ela. — Você é quem deseja sair beneficiada disto tudo. Mas de que me servirá o dinheiro se eu estiver morto?
Sua declaração me fez dizer ao jovem Franz:
— Preste bem atenção!
— Não precisa — disse o homem, completamente aterrado. — Procurem em minhas botas e no forro da minha calça. Está tudo escondido ali.
Com efeito: bem escondido em suas botas, e em várias partes de suas roupas, aquele canalha trazia uma verdadeira fortuna. Depósitos no Banco da Inglaterra no valor de dez mil libras esterlinas, e mais quinze mil dólares. Mais tarde ficamos sabendo que aquele dinheiro ele tinha roubado de seu irmão Henry, quando disputou com ele o cavalo, matando-o.
Judith tremia de cólera ao ver tudo aquilo, e mesmo segura por Emery, gritou ao homem que pensou ter como sogro:
— Você é um covarde! Seu filho jamais o perdoará!
— Já não me importa nada, Judith! Eu quero viver!
— Pois diga para onde foi seu filho — insistiu Winnetou, sempre com a faca nas mãos.

— Ele irá se unir a Bitsil-Itschel (Vento-Forte) em Klekie-Tse (Rochas Brancas).

— Irá reunir-se ao chefe dos magalones? — perguntei.

— Sim, foi amigo do marido de Judith e prometeu ajudar Jonathan fielmente. Meu filho leva muito dinheiro da herança que roubou, e poderá pagar bem por seus serviços.

— Se estiver nos mentindo... — ameaçou Winnetou.

— Não... Não estou mentindo: chegou o momento em que um homem deve reconhecer que perdeu. Eu já não posso mais!

Não podíamos sentir pena de um homem como aquele, mas compreendi que ele devia sentir-se devastado fisicamente. Sobretudo pelas últimas horas em que havia passado amarrado a uma mesa... Ele já não era mais nenhum jovem.

Nós também nos sentíamos cansados, depois de um dia e de uma noite tão agitada como tínhamos tido que suportar. Por isso, decidimos descansar, depois de um bom jantar e de localizar nossos cavalos, deixando Judith e Melton bem atados e vigiados.

Ao jovem Franz tocou o primeiro turno de guarda, e ele estava feliz por poder regressar para junto de sua irmã Maria, que o esperava na cidade de São Luís. Ele não iria encontrá-la de mãos vazias!

Aquele dinheiro que havíamos encontrado com Thomas Melton era só uma pequena parte da herança.

Mas ainda faltava mais!

E o mais importante agora era capturarmos o último culpado. Mas sabíamos que isto não seria difícil, já que sabíamos para onde Jonathan ia, e com quem iria se encontrar.

Winnetou conhecia o chefe dos índios magalones e chegarmos até as Rochas Brancas não seria difícil.

Podíamos dizer que a grande perseguição, iniciada no Egito, estava entrando em sua etapa final.

E com esta idéia fomos dormir, sabendo que logo teríamos que partir atrás de Jonathan Melton.

Mas isto corresponde a outro volume de minhas narrações. Um volume que espero ser do agrado dos meus leitores.

Este livro O CASTELO ASTECA de Karl May é o volume número 4 da "Coleção Karl May" tradução de Carolina Andrade. Impresso na Editora Gráfica Líthera Maciel Ltda, à Rua Simão Antônio, 1.070 - Contagem, para Villa Rica Editoras Reunidas Ltda, à Rua São Geraldo, 53 - Belo Horizonte. No catálogo geral leva o número 2057/7B.